U0831264

collection

挚情 真知 雅意

名家作品中学生典藏版

STUDENT EDITION

ZHOU TAO collection

名家作品

周涛（1946年3月—　），诗人、散文家。少年时曾为专业运动员，青年时曾为共青团干部，三十三岁特招入伍，从事专业文学创作。三获全军文艺奖，诗集获全国奖，散文集获鲁迅文学奖。平生行遍西北大地，一生不离天山南北。

典藏

白马夕阳

中学生典藏版

周涛 著

山西出版传媒集团 山西教育出版社

图书在版编目（CIP）数据

白马夕阳 / 周涛著 ；刘晓露编. — 太原 ：山西教育出版社，2023.5

（名家作品中学生 ：典藏版）

ISBN 978-7-5703-2983-0

Ⅰ. ①白… Ⅱ. ①周… ②刘… Ⅲ. ①中国文学—当代文学—作品综合集 Ⅳ. ①I217.2

中国国家版本馆 CIP 数据核字（2023）第 043115 号

白马夕阳

责任编辑 刘晓露
复　　审 康　健
终　　审 郭志强
装帧设计 薛　菲
印装监制 蔡　洁

出版发行 山西出版传媒集团·山西教育出版社
（太原市水西门街馒头巷 7 号 电话：0351-4729801 邮编：030002）
印　　装 山西基因包装印刷科技股份有限公司

开　　本 889×1194 1/32
印　　张 9.25
字　　数 176 千字
版　　次 2023 年 5 月第 1 版 2023 年 5 月山西第 1 次印刷
书　　号 ISBN 978-7-5703-2983-0
定　　价 39.00 元

高天大野，诗人散文

（编者序）

刘晓露

“书生并不弱，反而有一点粗犷，有一点雄阔，有点满不在乎的放达，有一点高天大野背景下的自我。荒原一马，漠风吹长鬃；戈壁独驼，双峰两卷书”，这是周涛先生在《天地一书生》一文中绘就的“书生”形象，在整理、编辑其作品后，这段描述也恰恰成为编者眼中周涛先生为人和行文的写照。

周涛，生于1946年，当代著名诗人，散文家。祖籍山西，少年时迁居新疆。代表作有诗集《神山》《野马群》，散文集《稀世之鸟》《游牧长城》《兀立荒原》。他于上世纪70年代初开始写诗，1986年斩获全国新诗奖，之后渐渐脱离诗坛，进军散文领域。周涛先生称自己写诗的理由是，“诗是文学王冠上的明珠”——既然是明珠，那就要摘下来；写散文则是因为“散文的领域是非常宽阔的，应该把绳子解开”，散文需要“新鲜空气、新的形态”。90年代，他提出“解放散文”，并且身体力行诠释“解放”的奥义，一系列优秀散文应运而生。1996年，散文集《中华散文珍藏本·周涛卷》获首届鲁迅文学奖。

本书《白马夕阳》收录周涛散文六十余篇，内容涉及故乡、边地、山河、人物、动物、植物、往事、今朝等，写作方式多样，有叙述、描写、议论、漫谈、随感等。无论笔锋伸向哪里，我们读到的都是作家对美与自由的讴歌，对生命力和创造力的致敬，对勇气和智慧的崇尚，以及撒向尊严和热血的簇簇礼花。相信中学生朋友们徜徉在这样的文字中，会得到情感的陶冶，思想的历练，精神的滋养，被文学的魅力深深吸引。

那么，同学们在阅读周涛散文时，应从哪几方面着重领会并有所获益呢？编者认为有以下三点：

一、诗歌的意境。

作为一名曾经的诗人，虽然不再写诗，但诗的身影时常在作者的文章中惊鸿一现。当诗歌照进散文，周涛作品中特有的诗意便如夜空中的星星，谁也无法遮挡那璀璨的光芒。

在《麦子》中，他形容麦子："还保持着耕种者的汗珠的形状，这就像是大自然给予我们的某种提醒、某种警喻，仿佛它不是自己种子的果实，而是汗珠滴入土壤后的成熟。"——将麦子比作耕耘者的汗珠，不仅形似，且更为传神。作者通过诗的意境传达出来的密语是：在辽阔的土地上，沉默的劳动者日复一日的付出与创造，隐秘而伟大。

在《猫的本事》中，他描绘农家傍晚时分的景象：“夕阳在窗纸上涂染着最后一点淡黄，有一种明亮的安详对暗淡的转换所表现出来的礼让。时光在这个时候像一位谦谦君子，它似乎有一刻停留，有一种仪式，像在等候什么，并不匆忙撇下这一切就走。”——柔和的色彩、安详的状态、眷恋的心绪，与夕阳庄严而迟疑的隐退相伴相随。此刻，田舍一天中最美妙的辰光，正在到来，正在停留，正在离去。作者生动的描写、精妙的比喻，让生命对于美的不舍，于诗意画意中缓缓弥散天地之间。

在《河西走廊》中，他远望长城不由喟叹：“亲爱的‘以制造墙出名’的祖先啊……我爱你们，我恨你们。爱你们不废千载，在水一方，总是立在记忆长河的尽头栩栩如生；恨你们潜过生死的边界，时间的隧道，以嘲弄的手拨乱世纪的时针！”——这俨然就是一首诗，诗的语言、诗的节奏、诗的情感，简洁、有力，却又百转千回。长城功与过，一部中华史，就这样在作者无尽的感怀中，呼之欲出。

在本书的其他许多篇章中，如《白马夕阳》《铜月亮》《阳光容器》《巩乃斯的马》，等等，我们亦可觅得这份诗意。当一个个蓬勃盎然的世界出现在眼前，同学们惊叹想象力恣意生长；目睹汉字罔顾规则，随心所欲地排列组合；感受情感汹涌澎湃，如大河般决堤……此刻的你，正与一颗浪漫诗心相遇。

二、思想的力量。

诗是感性的产物，最不讲“理”，然而在周涛散文中，编者却一次次触摸到理性的质感。有诗有思，这很奇妙，也很和谐，文章因之更具深度，更富启示。

如《细狗》片段：“我在连队门外一直目送着他们，我想，一类天才式的人物在世间也是这样被误解的，和良种犬一样。它身上没有保留供人食用和役用所需的多余的肉，因而在一般人眼里，它毫无价值。”——通过对一只其貌不扬却身怀绝技的小狗的精彩描写，来批判当代人的功利主义。一个开放包容的社会，应该提倡多元的价值观，人尽其才，才能发展。

如《虫子，爬吧》片段：“造物主既然造了它，就有它生存的理由，也有它爬动的位置和空间。可是，为什么庞大的、凶猛的、美丽的生物反而纷纷消失灭绝呢?”——这的确是一个发人深省、令人忧伤的问题。在优胜劣汰的物种竞争中，弱小何以能够战胜强大，在地球亿万年的演化进程中笑到今天？生物学家或许可以给出答案吧。

如《文章武谈》片段：“好文章必有胆识，胆就是勇气。勇气产生于自信、自识、自知、自量时方可称为文胆，不然只能算作不知深浅。逆潮流而动要有文胆，领风气之先要有文胆，摧枯拉朽、推陈出新，从来不是胆小谨慎的产物。”——作者心目中的好文章，要有开拓和创新，要有个性和勇气。岂止是写文章，在我们的人生中，做任何事情，这不都是殊为宝贵的素质吗?

周涛先生的视野是广阔的，记录是博杂的。古今中外人事物，皆可为素材：苏东坡、丰子恺、托尔斯泰，信笔挥成；天山、壶口、莫高窟，一一道来；炽烈的阳光、秋天的风，有了自己的故事；大树、小猫，不知何时变得那般有趣……在对桩桩事件的打量中，我们发现，始终未曾从他的目光中隐入尘烟的，是叩问、质疑和探析：追忆长城前世今生，解锁中华文明的基因；梦寻寥廓北疆，倾听茫茫戈壁的心声；凝视一对即将绝迹的鸟中王者在梢头翩跹，送上唏嘘，陷入反思……

可见，家国命运、文化传统、社会现象、地球生态、边疆地理等众多触目之事，无论大小，皆为周涛先生的关注对象。由于责任和良知的参与，他留下一串问号和无数叹号，迸发出一位智者的思想之光。而思想力正是当代中学生亟待养成的能力，阅读周涛散文，可以让我们离独立思考近一点，再近一点，面对纷繁世事，时刻保持清醒的头脑和理性的判断。

三、刚健雄奇的文风。

如果说诗意和哲思是潜行在周涛散文字里行间的暗流，品读之后方可深谙，而刚健雄奇的文风则是高高掀起的巨浪，让他的作品先声夺人，呈现出极其鲜明的个人特色。这种特色在周涛先生有关西北的文章中尤为常见和突出。

由于在新疆生活工作多年，周涛先生对这片土地上的山川风物以及在此度过的时光无比挚爱。他用大量笔墨书写它们，为我们深情地、豪情地、尽情地讲述远方的故事。

他笔下的高天阔地，望之令人生寒、生畏、生敬：

“傍晚时分，大戈壁上的风云有了阴沉之色。长云暗雪山，狭长而有力的暮云低垂如帷布，直从雪峰头顶铺垂下来，横列天边；而且风势似乎也随之有了，撼动远方的树、近处的草，仿佛含有战争前的肃杀。”（《怅寥廓》）——苍茫凛冽，扑面而来。

那些频频现身的鸟兽们，气势也丝毫不输：

“鹰的翅膀在它身后猛烈地拍响，掀起尘土、砂石，拖住它，像两叶逆风的大帆，摇摇晃晃，忽左忽右，好几次它都几乎要被掀翻了。它后腿软绵绵的，使不上力，剧痛这时已经麻木了。它是一头拖着死神的老狼，要么被他撕碎，要么撕碎他！”（《猛禽》）——猛禽与厉兽的缠斗惊心动魄，尽显大自然黑暗森林本色。

“它竟飞得很高很高，御风而去！我仰着脸看着它不辞而别，猜想空中的这只雁此刻一定骄傲、豪迈；它胜利了，正在寻望故乡，重见父母。”（《羽毛的浮力》）——一飞冲天的小雁，刺破的不仅是蓝天，更是命运布下的天罗地网。

还有那只被人类用诡计捕获，不甘归顺，活活气死了自己的红嘴鸦（《红嘴鸦及其结局》）；那匹不屈从于任何方式却被哈萨克族老妇人轻易驯服的怪马（《过河》）；那些独与天地山河相往来的猛虎（《虎威》）……作者通过充满力量感的文字和故事，将鸟兽们倔强、孤绝、冷傲的形象进行到底，完成了对生命和自由的歌赞，打动了我们，感染了我们。

大漠的辽远传奇与本人秉性的刚直桀骜，二者彼此映衬，相互成就，共同锻造了周涛散文的独有气质。“解放散文”，可以这样理解吗——释放天性，恢弘气度，明月天山任我行。

亲爱的同学们，周涛散文需要用脑用心细细品味，读起来也许并不轻松，但请相信，合卷之后你会收获满满的惊喜。在这个视听诱惑太多、耐心缺乏的时代，与静默的文字缓缓同行，不急不躁，一点都不过时，反而是一件很酷的事儿呢。那么现在，就请踏上阅读之旅吧。书中自有万千气象，在前方，等着你们。

CONTENTS 目录

第一辑：稀世之鸟

第二辑：梦寥廓

第三辑：每一个早晨都不一样

第一辑：稀世之鸟

显然，这是一对鸟中的王者了。因其绝美至雅而为王，因其珍奇罕有而为后。这唯一的一对朱鹮，遗世而独立，在我们面前展示出鸟的修养，鸟的品质，鸟的超凡脱俗和纯净。

——《稀世之鸟》

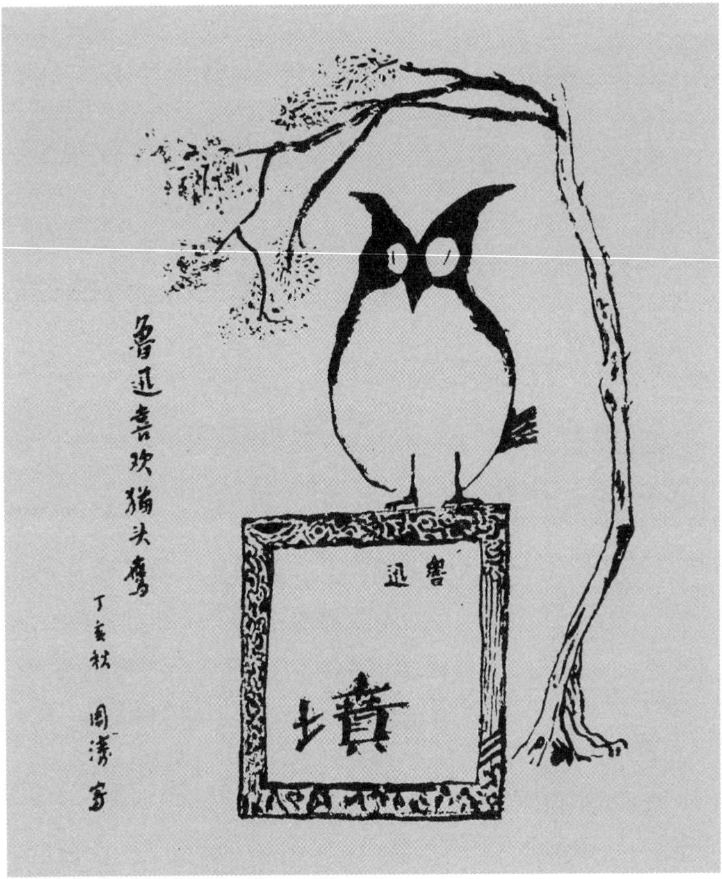

这猫头鹰，这《坟》的封面，这棵怪样弯曲的树，都是鲁迅画的，我只是把它们凑在一起了。

——《猫头鹰》

稀世之鸟

我躲进索溪峪，钻山入洞，远离了那些把词语当瓜子嗑来嗑去的嚼舌家们，这下耳根清净了。

我抽烟于戒烟日，并喝浓茶；你晾衣物于阳台，阳台宽大。你说，“快来看呀”，压低了声音。我看见了一只鸟，惊叹一声扭身就跑回屋里去。

怎么啦！拿眼镜。没有眼镜我看不清，这么漂亮的鸟我没见过。这是什么鸟儿呀？

“大概是朱鹮了。”

“朱鹮是什么？”

“据说这个自然保护区仅存一对，全世界现在也没几只了，一种珍禽。”

珍禽就是不同凡响。我们的悄声低语并不惊动它，它就立在离阳台很近的树丫上，周围浓荫密布。它红嘴美目，身姿翩然，尾长尺许，一片华彩。它看见我们呆看它，并不惊飞，而且似不惧人，依然伫立枝头轻声鸣叫，若有所盼。它好像深知自己的美足以使人类忘却杀心，因而不躲闪惊恐如雀。可是绝美的朱鹮，你却为什么仅剩一对了呢？而且已经濒临灭绝，为什么还不防范，学会保护自己呢？

它就立在我们眼前低鸣呼唤着。

你说，现在是求偶期。果然，另一只从树丛的缝隙间款款飞来，形态颜色绝似，只是略小，无冠。这对仅存的绝代佳偶，站立枝头低鸣悄语，互相凝视，意态优雅。

他叫她，她来了。它们分离片刻，聚首便成了重逢。彼此的爱慕之情，使人一望也会感动。他从高枝翩翩飞落低丫，翎羽不乱，像一个年轻绅士熟练的舞步；她从低丫轻飞上高枝，逗他，回眸一笑百媚生。它们仿佛在商量，在挑选更好的去处，一点不焦躁，好像总能把本能的欲望控制在美的范畴。

显然，这是一对鸟中的王者了。因其绝美至雅而为王，因其珍奇罕有而为后。这唯一的一对朱鹮，遗世而独立，在我们面前展示出鸟的修养，鸟的品质，鸟的超凡脱俗和纯净。顿时，凌空向外探出的阳台成了我们的包厢，浓荫四布的高树以及远山和近处的稻田成了布景真实的舞台，稻田里秧鸡的鸣声成了隐隐升起的混声合唱。舞台的中心是这样一对芭蕾舞明星，古典的爱情故事，中世纪的王国里走来一双复活的情侣，忠贞不渝的伙伴——世界于是重又成了它们的。

“绝美!”你赞叹着说，“快去叫他们来看!”

我没动。我唯恐惊飞了它们，更害怕错失这一幕最后的瞬间。我目不转睛且随之慢慢挪动，我已经不是在看两只鸟儿，而是在看一双不死的情爱之魂于光天化日之下现形！我当然想到了化蝶的梁祝，随之在耳边飘曳出那优美的小提琴协奏曲；我当然还想到了哈姆雷特的独白，“活着呢还是死？这是个问题”，如此等等。

这对朱鹮肯定是不会存在离婚的问题了，因为只有一对；它们显然更不用考虑计划生育的问题，因为即将绝种；但是难道它们不该考虑一下生态平衡的问题吗？老鼠那么猖獗，苍蝇那么密集，许多伟大的物种都在丑恶的包围中不堪忍受弃世而去，你俩，是不是也打算这样呢？诚如是，这便是一次美的绝灭。

美的绝种是对强大世俗丑恶力量的抗议，也是留给这世间的唯一悲剧。它就是要让你永远无法弥补。

只是，朱鹮，你这样做不是太残酷了么？留给丑恶去耕耘不是太缺乏责任感了么？

朱鹮终于首尾相衔，一前一后飞走了，低低飞绕于绿荫丛中，留下了我们的包厢和一座空舞台。

朱鹮飞走了，唯一的一对儿。

不知它们能躲过几只瞄准的枪口？在索溪峪，它们还有可能延续生存下去吗？我有点儿担忧。这时，我毫不搭界地突然想起两句诗来：

生如闪电之耀亮

死如彗星之迅忽

只是，我又何苦去为一对鸟的命运担忧？

在世俗的强大手掌笼盖之下，耀亮过了，尽管迅忽，也许就是一切稀世之物的品格和命运吧？伟人忧国，愚人忧鸟。

红嘴鸦及其结局

那个冬天是极其漫长的，好像是季节——这四个轮班的女护士当中有一个完全忘记了接班，而这一个交不出班去的就是那年冬天。冬天是一个穿白衣服的女护士，她因为交不出班去就不停地埋怨，絮絮叨叨，造成了有始无终的大雪飘洒纷扬。

鹅毛大雪——冬天这位女护士的语言碎片，弥漫充塞在草原天地之间。就这样混淆了时间的界限，搅乱了季节的秩序，使等候春天的人们坐在火炉边变傻。

窗外的木桩上拴着几匹马，它们很是安详，一动不动。这是些在露天站着睡觉的生灵，正显示出一副麻木不仁的冷漠表情，好像漫天纷落的大雪和它们完全无关。

它们像疲惫的奴隶一般忍受着，站立在雪地里睡觉。耳朵上，鬃毛上，鞍背和后臀上，渐渐铺了一层厚茸茸的积雪，甚至马的睫毛上也落了雪。它们连抖也不去抖一下，像几匹垂颈肃立的化石。

那年冬天，辽阔的巩乃斯草原变得寥廓了几倍，它显得很厚，很期待，仿佛一位等待远客来临的主妇在整个庭院里铺了豪华洁白的羊毛地毯，但是始终就没有一个脚印踩上去。那个冬天正是这样，那块豪华的厚毯始终没有脚印。

当时寥廓的冬天里，孤零零地有一座泥坯筑起的小屋，当时是这样。小屋里有一个泥砌的火炉，炉火非常温暖。巩乃斯的煤块是油黑晶亮的，着完的煤灰和中华烟的烟灰一样白。在火炉边，等候春天的人沉沉欲睡。

后来雪下得略微稀疏了一些。

泥屋里的人看见一只乌鸦落在近处的树梢上，换了好几个树枝，才站稳。枝上的雪被它弄得抖落下来，撒在它头上，乌鸦缩了缩小脑袋，好像一个耸起黑风衣领子的侦探，守在那地方。

又有一只乌鸦像是它们一伙的，也飞过来了，干脆落在泥屋窗户的土台上，隔着玻璃朝里面看着。这只乌鸦的眼光里丝毫没有流露出对温暖火炉的羡慕，也没有对等待春天的人表现出惊奇和佩服，恰恰相反，有一种明显的轻藐。它开始在窗台上走来走去，翅膀倒剪在背上像一双倒背交叉的手。它低着头走来走去，像在考虑重要问题的一个大人物，很可能过一会儿就要发表讲演。

等候春天的人走过去，用手指敲了几下窗玻璃，“哒、哒、哒”，乌鸦一惊，飞走了。

这只乌鸦飞上树，和守在树梢上的那只“侦探”说了点什么，交换了一下意见，“侦探”点了点头，那乌鸦又飞回来，重新落在窗台上。“哒、哒、哒”，乌鸦用嘴在玻璃上敲了几下，模仿着刚才敲玻璃的几声。

等候春天的人在土屋里笑了，仿佛被一个小孩的过分老练的举动逗笑一样。他看那乌鸦的嘴，竟是红的。深红的喙配着漆黑的羽毛，在一片白雪茫茫的背景下，格外有趣，看起来似乎比普通的乌鸦俊气了许多。在草原上，并不是所有的乌鸦都是红嘴，当中只有一小部分的红嘴鸦。它们看起来不像普通的乌鸦那么愚蠢讨厌。

等候春天的人想捉住它。

在那个漫长的冬天里，这是一个游戏。

他在土屋外扫出了一块空地，然后用小木棍儿支起一个脸盆；小木棍儿上系了一根白绳子，绳头一直扯进土屋里。准备停当，他在脸盆下撒了一些碎馒头，就躲在土屋门后，等着。

一个明显的陷阱，等着冬天饥饿的禽类。

一只。两只。

其中一只大胆走近脸盆，歪着头，研究了一番，先假装往里伸伸头，一缩。另一只踱步观察，只盯住看。过一会儿，两只凑在一起，仿佛商量，研究讨论部署。突然，同时猝然扑进脸盆，抢叼食物。

等候春天的人等好了这一刻，绳儿一拉，脸盆咣当盖地。盆沿砸住翅膀的一只挣脱飞走了，盆里面扣住了一只。

他谨慎地掀开一点盆沿，小心地把手塞进去，摸索着。听见翅膀拍打盆沿的声音，他捉住了那只红嘴鸦。他高兴极了，举起这只俘虏像高举起一个冠军奖杯，一边跳跃，一边狂呼乱叫。

高兴完了一看，那只红嘴鸦在他手中气死了。那鸟脖子一歪，就死了。

等候春天的人回到土屋里，重新坐在火炉边，火依然很旺。他很沮丧，为了这只巩乃斯冬天的高傲的红嘴鸦，他一直想不通的是这样一只乌鸦为什么竟然会气死。“它太骄傲了，这只红嘴巴的乌鸦。”他沮丧地想。

许多比它庞大、比它美丽、比它高贵或比它凶猛的动物，都归顺了人类。而它——一只草原上的乌鸦——仅仅是因为长着红嘴，却不肯归顺，不甘心当俘虏和玩物，竟然气死了自己。太不可思议。

那个冬天是极其漫长的，宛如一个白茫茫的梦，一个梦境中的神话。在那个梦中，有过一只模仿人敲门的乌鸦，乌鸦长了奇怪的深红的嘴，它对那位等待春天的人说了神秘的话。

神秘的话是这样的：

“你们捉住他，给他带上枷锁，然后把他投在烈火里。”

结局正是这样。

呼 救

这可是一个绝对真实的故事。

这个故事的主角，不是男的，不是少女，也不是老妪或田舍翁。干脆地说呢，就不是个人，而是一只鸟。

平常见到的那种蓝背雀，细巧，翘着保持平衡的尾巴，比麻雀秀气一些，但也很常见。这种鸟是当前很少几种能和麻雀并肩齐飞、顽强地从人口拥挤的城市小空间中、从人的指缝儿里讨生存的小鸟儿。

眼下成了本文主角的这只蓝背雀，应该说是一只典型的鸟里面的“失足少年”，它在尚不会飞的时候不慎从窝里掉下来。它已经羽毛略丰，稍可滑翔而不致摔伤。可是它却不能再飞起来，它的双腿还软弱，不足以弹跳起飞；翅膀上的几根短羽，也总是漏风，鼓不起“满帆”。

它掉在我住的楼后面，恰好被小女发现，捧回家里，放在阳台上。

这只蓝背雀蹒跚在三尺阳台上，显得“往往是幼稚可笑的”。它的叫声并不嘹亮，有一种徒唤奈何的味道；而且它在阳台上还不断地向角落里躲窜，仿佛囚牢里的犯人躲避看管人员，它不知道毫无意义。

其实我们并不想囚禁它，也知道像它这样的小家伙最好是能够重返故里，不然，几天之后是必死无疑的。可是谁又能把它送回窝里去呢？它是鸟，人是无法问清它的家究竟是在楼后的哪一层墙缝或楼檐下的，即使知道，也没法送回去——楼那么高。

它叫着，不饮不食，凄凉无助。

而我们是多么希望它能活下去啊，一个小生命，因为偶然的失误，将夭折于我们手里，这是多么令我们不情愿的事！然而，我们作为神通广大的人却毫无办法。

它还在不停地叫，像在呼救，焦急中隐隐含有一种坚定，一种信赖。

它太幼稚了！我想，谁也没办法救走你，除非是童话里的鸟。

可是奇怪的迹象出现了：

我住的三楼阳台外附近的电线杆上，出现了一只蓝背雀，又出现了一只蓝背雀。它们飞起来盘绕一阵儿，又落在附近电线杆上，鸣叫着，像在问答，又像在安慰。

女儿说：“它们是来救它的。”

我说："救不走，它们没手。"

女儿说："那也不一定呀。"

我说："除了是童话。"

不久，电线杆上的鸟越落越多了，全是蓝背雀。观察着，鸣叫着，也还交头接耳，像在讨论营救方案。有一两只大胆的侦察兵，飞落到我的阳台上来，见人即飞，人走又来，好在我的阳台是没封闭的。

这已经成了一种异象了，电线杆上愈来愈多地落了蓝背雀，至少有几十只。平时不曾料到这院里还有这么多这类鸟，这时全集合了，群众集会或重大行动似的，一只鸟落一个黑点，形成一种阵势，造成一种整肃、紧张的气氛，为了关怀另一只离散的同类。

清一色的蓝背雀。

其中绝没有夹杂任何一只麻雀或别的禽鸟，譬如家鸽、喜鹊之类。

女儿说："我们躲起来，别让鸟看见。"

我说："对，别影响它们营救。"这时我似乎觉得这小家伙有希望了。

很久很久之后，再望出去，电线杆上的蓝背雀全不见了。打开阳台的门，仔细查找，"失足少年"也不见了，"不翼而飞"。

"救走了！"女儿高兴地喊道。

"它们是怎么救走的呢？"我纳闷道，"它们没有手哇？"

"那它们不会用嘴吗？"

咦？这倒是个办法。那个营救的场面没能见到，但是想象一下，几十只蓝背雀飞进阳台，每一只用嘴咬住“失足少年”的一点，一、二、三，同时起飞，空中飞翔起一团蓝背雀，中间托举着那只尚无飞翔能力的幼雀，从人类居住的幢幢楼窗前飞过去，飞回只有它们才认识的地方去。

这，何等壮观，何等感人！

一群怎样有勇气、有智慧、有伟大集体主义精神的小鸟凡雀呀！真是不可思议，谁还能认为蓝背雀是一种没有思想的小鸟呢？

听起来像童话。

但绝对是一个极为真实的故事。

隔窗看雀

它总是拣那些最细的枝落，而且不停地跳，仿佛一个冻脚的人在不停地跺脚，也好像每一根刚落上的细枝都不是它要找的那枝，它跳来跳去，总在找，不知丢了什么。

它不知道累。

除了跳之外，它的尾巴总在一翘一翘的，看起来像是骄傲，其实是保持平衡。

它常常是毫无缘由地“噗”的一声就飞走了，忽然又毫无原因地飞回来。飞回来的这只是不是原先飞走的那只，就不知道了。它们长得看起来一模一样，像复制的。

它们从这棵树飞往另一棵树的时候，样子是非常可笑的，那是一团中途划着几起几落的弧度，仿佛不是飞，而是一团被扔过去的东西——一团揉过的纸或用脏的棉絮团儿什么的。

它如果不在中途赶紧扇动几下它的小翅膀，那就眼看着在往下栽了，像一团扔出去的东西在降落的弧线上突然重新扔高，它挽救了自己。

它不会翱翔，也不会盘旋，它不能像那些大的禽类那样捉住气流，直上白云苍穹之间，作大俯瞰或大航行。它是一个现实主义者，从一棵树到另一棵树，从一个楼檐到另一个檐台，与人共存，生存于市井之间，忙碌而不羞愧，平庸而不自杀。

它那么小，落在枝上就是近视眼中的一个黑点，连逗号还是句号都看不清楚。低飞、跳跃、啄食、梳理羽毛，发出永远幼稚的鸣叫，在季节的变化中坚忍或欢快，追逐着交配，有责任感地孵蛋和育雏……活着。

它是点缀在人类生活过程当中的活标点：落在冬季枯枝上时，是逗号；落在某一个墙头上时，是句号；好几只一起落在电线上时，是省略号……求偶的一对儿追逐翻飞，累了落在上下枝时，就是分号。

和人的生活最贴近，但保持距离。

经常被人伤害，却总也不远走高飞放弃贴近人时的方便，所以总不见灭绝。

它们被人所起的名称，是麻雀。不知道它们彼此之间是不是也认为对方是“麻雀”呢?

瞧，枝上的一个“逗号”飞走了。

“噗”地又飞走了一个。

楼上惊闻布谷声

方今春深，一场沙尘暴从乌鲁木齐过去不久，艳阳出，蓝天现，树已绿，草正青。独坐层楼，开窗纳清新之气，揽镜检两鬓白霜，果然是“春风不染白髭须”。也罢，毕竟还有一副岁月难摧金刚脸。

想起那天沙尘暴，下午忽至，天色顿暗，大树如狂风扭舞，塑袋翻飞疑鸽翔。顷刻天昏地暗，不久阵雨袭来。关窗闭户，白日开灯，室内犹是一派安详，不见树动不觉八级风至，不见地湿不知阵雨冰雹正下，吾庐坚，风雨不动安如山。虽沙尘暴兼冰雹，于我何惊？心不惊，肉不跳，继续看我的书，不予理会。

然而今日晴景，我心大惊。

正在读写之间，忽闻清晰鸟鸣，声声入耳，似在近侧。其声“布谷、布谷”，当是布谷鸟无疑，声韵清晰，如闻天籁。始闻，以为是假的，以为是有心人在高音喇叭里播放录音；继之又觉不像，因为叫叫停停，且无音乐伴奏、歌声烘托，非真声难成此天曲。看来，必有一只布谷鸟在沙尘暴之后降临了这座本来不幸的城市，为我们带来了福音！

果然不错，是她在唱——“布谷、布谷”，久违的福音啊，童年的天籁，声声入耳，声声入心，似催促，似提醒，似宽慰，似告知……一瞬间，几使人潸然泪下。亲人久别，儿女远归，情人忽至，也不过如此情动心惊。

布谷鸟？杜鹃妹？

这么多年来你们到哪儿去了？

一去多年杳无音信弃我之日何寂寞？远走他乡不肯来归可知我心伤别离？

胡地不闻胡笳羌笛，荒城不闻犬吠鸡鸣，异处不闻故语乡音，吾虽聋，悲矣夫！嘈杂乎市语，喧闹乎车声，烦躁乎人腔，沉闷乎会议。吾本田家子，今为街巷翁，既不能垂钓，亦不复赏菊。远矣哉，田野春风，麦圃香馨，流水琴音！

幸尔今来唱“布谷”，意相会，情相领。晴空丽日，恍然如梦。岁月匆匆东流水，欸乃一声山水绿！谢谢你，好布谷。民间鸟雀最堪怜，愿常驻，莫远行。窗棂、树架、栅上、墙头，处处留身形。夫妇联袂固佳，母女翩飞也行，唱罢春曲唱夏曲，美韵天声满边城。

留春住，春在布谷金口中。世人皆爱流行歌，我独怜，布谷声。“布谷、布谷”，入耳入心。平添一缕闲愁，融解十载冰心。布谷鸟，大歌星。

请你再唱。再唱。

让我再听。再听。

羽毛的浮力

1971年3月的一天，野战某师农场学生连四班的全体人员（还包括带头的军人二排长），在巩乃斯河肖尔布拉克对岸区域执行劳动任务期间，全都像发了疯似的扔下手中的劳动工具，置劳动任务于不顾，鬼使神差一般奔向河边，有的跳进河里，有的在河边到处搜寻，好像那里藏着万两黄金！尤其是二排长，非但不予制止，反而身体力行，带头违反纪律，致使一个上午白白浪费，什么劳动也没干……更为奇怪的是，这件事发生后，一贯严格的、原则性很强的四连指导员郑万河竟拍着四班成员的肩膀笑嘻嘻地说："干得好，好样的！"

当时发生的这件荒唐事全部过程是由于一群大雁引起的。是大雁让我们炸了营，也是大雁让我们欣喜若狂。回想起来，对于禽类所存的刻意伤害的心思，大约就是在那一天得到了满足并宣告终止。

巩乃斯河沿岸逶迤连绵的大面积芦苇荡中，栖息着种类繁多的大小禽鸟，有黄鸭、天鹅、大雁、水鸡，等等，那是它们的宿营地和根据地。一般说来，人类对它们不存幻想，因为芦苇荡太深太大了，还因为边境地区禁止鸣枪，所以我们只能像一般的走兽那样忍受这些傲慢无礼的飞行物在头顶天空哇哇乱叫！

那天不能算一个好天气，天略阴凉，不时地还有一些毛毛细雨从天上飘洒下来。巩乃斯河水涨过了原来的沙岸溢进芦苇荡，与荡中的水泽会师相连。细雨中的河水散发出一种鱼腥气，河面上，对岸肖尔布拉克的农工推下两条船，他们在雨中捕鱼。是他们发现了从芦苇荡中领着羽毛未丰的小雁学习游泳的大雁，他们划着船从河里一赶，大雁飞上天，小雁上了岸，正好进入了我们的领地。

老雁在头顶上盘旋，不时地进行低空俯掠，像一些老式的轰炸机。它们不歇气地叫着，声音凄厉、焦急，企图挽救这些小雁逃脱厄运。可是小雁不会飞，它们在慌乱中纷纷登陆，在草滩上四处逃窜，然后躲进草丛，一动不动。

小雁们没有游进芦苇荡是它们犯的一个战略方向上的大错误。

草滩上的草还没有长高，去年秋季留下的衰草和今年新发的嫩草混杂在一起，成为春天草原上一种杂驳的颜色，浅绿深黄，斑驳错杂。这种草色和小雁身上的毛色完全一致，几乎无法分辨。有时小雁就躲在眼皮底下，但是只要它不动，你就发现不了。它们和草色太谐调一致了，完全融化在草滩里啦。

当时，小雁们各自隐在草丛中一动不动，它们深知自己的隐身效果，不到捕捉的手伸到眼前，硬是能纹丝不动。仿佛是老雁临出发前专门再三叮嘱过似的。当时的形势是，小雁像游击队员一样分散、隐蔽在“青纱帐”里，四班的人像日本鬼子大“扫荡”，在草滩上四处搜寻；只要听到哪个方向发出一阵狂喜怪叫，就准是哪里有一只不幸的“游击队员”被俘获了。

这种狂喜怪叫不断传来，说明四班的“皇军”战果辉煌。他们顶住了头上那些“老式轰炸机”的骚扰，终于捕获了十只小雁。最后一只小雁是蓝毛捉住的，他的一只巨大的臭脚几乎落在那只小雁的脖子上，小雁沉不住气了，起身想逃，蓝毛扑上去的动作极其忘我，就像被什么绊倒了一样。

在把十只小雁关起来的当天下午，全连各班都来参观了一阵。我们当时在土墙角用铁丝网围起一小块空地，形成了一个临时的集中营。

十只小雁在铁丝网里不安地轻声鸣叫着，它们走来走去，互相张望，有时伸长脖子仿佛征询对方有什么好办法，当然最后还是没有办法。看样子它们谁也没有这方面的经验。

渐渐地，它们安静下来，鸣叫声变成了嗓子里面的咕噜声。小雁的眼睛里开始有了一种随遇而安的认命态度，对陌生环境的恐惧转换为适应，只要它们的生命眼下不受伤害，它们就会安静下来，认为危险已经过去。

当时四班的任务多了一项，就是每天去打一大堆草，来喂这些连队里新增添的财富。我每天都喜欢去喂它们，也是借机去多看看它们，有时候观察久了，会感到它们仿佛是变成大雁的十位王子，等待着恢复人形。当然，除此之外，在观察它们时我也会产生一些幸灾乐祸的心理，这种心理可能潜藏着对禽类的某种妒忌天性。

在喂这些小雁时，我突然会轻视它们的智力，认为它们毕竟只是鸟兽，这真是一个大的局限。原先它们在天空飞翔的时候，在我们看来是何等的可望而不可即啊！它们有伟大的天赋，羽翼丰满，引颈挺胸，扇动起两架大风帆，在人类的头顶上凌空俯瞰。成熟的大雁正是如此骄傲，它们俯瞰的目光如同两粒射下来的子弹，往往直接命中我们的顶盖骨！

我模糊地意识到人类很久以来就忍受着远飞禽类的藐视。它们高飞入云，而我们却低头行走，连一块石头都能绊倒我们。虽然看起来它们智力和体力都比不上我们，可是它们被造物主赋予翅羽，接近天空，超越重山大洋，任意选择温暖的领地，成为时空和季节中的自由生灵！……可是人呢，却终生被钉死在土地上，忍受四个季节的轮番攻击，在严寒和酷暑中像兽一般爬行！

在这方面，我感受到造物主的不公，甚至感到他对人类的某种藐视。兴许在他眼里人类只不过是一个卑贱而又狡猾的物种呢。

对于翅膀和羽毛，我们是永无指望得到配发了。所幸这些小雁由于极其偶然的原因成了我们的俘虏，使我们可以面对面地端详、打量这些昔日天空中的神物，得到某种满足。

这些虽说是些小雁，捉起来一掂，一个个也都是沉甸甸的，比一只大鸡还重。

第三天我去喂它们的时候，料想不到的事发生了。我正抱着食草朝那边走过去，远远地看到有几只雁在扇动翅膀。天啊，仅仅三天，它们当中稍大一点的已经长出了几根大羽，现在竟要试着飞出去！

有一只的尝试失败了，它从空中又重新落在地上。它的羽毛还没长够，只差一点儿；它虽然竭尽全力，还是它的体重占了上风。它跌落下来。

但是另一只成功了。它腾起、离地，在距离地面一米高的地方划动翅膀，仿佛一个溺水的人在拼命挣扎。羽毛的浮力和身躯的重量在空中较量，升沉起浮只决定在纤毫之间，它很侥幸，擦着铁丝网飞了出去。然后，它越飞越熟练，越飞越自由，像是在十秒钟之间学会了全套飞行！

它竟飞得很高很高，御风而去！

我仰着脸看着它不辞而别，猜想空中的这只雁此刻一定骄傲、豪迈；它胜利了，正在寻望故乡，重见父母。

十只雁剩下了九只。

它们看起来和飞走的那只完全一样，一样的毛色，一样的翅膀，一样的祈盼摆脱藩篱，高飞云空，它们都是雁。

区别是肉眼所不易觉察的，区别是细微的，然而却是决定性的，区别只在于羽毛的纤毫之间多出了一点点！结果完全不同，九只成了饭桌上的食物，一只成为天空中的永恒的灵魂。

羽毛的浮力！

1995年6月4日

猛 禽

那座岩壁，像是哈尔巴企克这怪物脸上的一颗长得歪歪斜斜的大门牙，龇着，突出去好远。要是这座酷似巨人头颅的山峰有眼睛，准会每次垂下眼睫，都看见自己这颗凶险的牙凌空翘起，毫无遮掩地遭受风吹雨淋和戈壁烈日肆无忌惮的灼烤。

暴暖骤寒使这颗大板牙都快糟朽了，布满崩裂的石缝和岁月的皱纹，使它乍一看不像一块石壁，而像是古城堡废墟上悬空扯起的木头吊桥。

他正一动不动地站在这块悬空巨石的顶端，凝着神，敛着翅。

只有在这样高的地方，终年不绝的天风才发出海浪那样的声响，“呜——呜——”地叫，像万物都能听懂的一种古老的语言，在这种声响的撞击下，山峰在微微摇晃。

他沉浸在这声响里并深深地理解它，就像鱼理解水，人理解土地。他可以在这一浪又一浪扑打过来的天风中岩石一样站立很久，一点儿也不觉得孤独。风就是禽类阅读的一部书。在这古老的声音里，听得见遥远年代里鹰群翻飞，啸叫着掠过天空，凌驾在风的激流和旋涡之上。那支骄傲的繁荣的家族所组成的黑色空中铁骑，袭掠平原和荒野时会留下声响。

那时候，天空不像现在这样荒芜。

鹰的家族如此衰落，这究竟是为什么呢？他不知道。他只是清楚地看到，许许多多巨大的、勇猛的、美丽的和古怪的动物迅速地减少或消失，使天空和大地变得荒凉和平淡，再也没有激动人心的搏斗。

老鼠和麻雀的世界，就是这样。渺小、平庸、猥琐、自私，最终战胜强大、美丽和献身精神。这使他感到悲哀。

哦，是大地的生殖能力衰退了么？过去，这些怪物一样重叠起伏的山峦，总能像神话似的生育出各种爬的、飞的、跳跃的、奔跑的奇形怪状的生命，有的庞大如山丘，有的微小如砂粒，可是现在呢？

他俯瞰了一下躺在山峰脚下的大地：正值深秋的旷野还透着隐隐的淡绿，草色已经快枯黄了，但绿的底色还没有被盖住。深秋的原野有种眩晕的味道，似乎被流贯自身的色彩变幻的漩流弄得有股子醉意。

杂色的树，斑驳的灌丛和灰白色的弯曲闪亮的河流，都正好合拍于大地缓缓起伏的势态，像音符合拍于旋律那样；

而世界，恰好如一幅刚刚绘制完的地图。

“我就是从这怪物一样的山上长出来的一块灰褐色的生命，一块长翅膀的石头。”他想。他凝着神，敛着翅，一动不动，和整个岩石的颜色一模一样，无法分辨。

他是一只年轻的鹰，一只猛禽。

哈尔巴企克山这块突出门牙状的大岩石，是他经常栖身的地方，这儿十分便于他守望天下，像个凌空筑起的瞭望台。他的窝离这儿不远。

他喜欢站在这无遮无碍的高处，让太阳烘暖他的血液，让风像水流那样擦身而过，轻轻掀动身上像飞卷的鳞状雨云剪裁而成的翎羽。有时偶尔伸展开比身体大得多的一双翅膀，像魔术师突然掀起黑斗篷，很从容地扑扇几下，身体随之很笨拙地跳跃几下。他挪动双爪走路的样子挺难看，蹒跚着，一拐一拐地，被张开的两只大翅膀掀得站不稳，像个衰弱的老绅士。

翅膀太大，像个别别扭扭的负担。可是等他站稳了，把翅膀一收拢，就像把一把大黑剪刀合起来，突然间就变小了，变精干了，像一个突然把炫耀的利器藏起来的大侠。

翅膀才是他的手臂，爪其实不过是他的脚。当他在天空盘翔一阵，返回这块岩石准备着陆的时候，沿山体向上的气流托着他，他因之而大张开双翅，双爪努力向前伸，羽毛被风吹得凌乱。这时他的躯干、筋肉、骨骼被非常清晰地显露出来，这一瞬间他完全不像一只鹰了，而像一个正大张开双臂用脚试探着去够岩石的凌空御风的人！

世间万物之中，有什么东西能够完全不像人呢？一切都是在人眼睛里面呈现、被人的意识所解释的。谁也不知道事物在别的生命眼睛里呈现出什么状态，什么颜色，什么音响或什么什么。

就是这样。但，只能是这样吗？

这只猛禽想到这儿，像所有禽类那样神经质地迅速缩了缩脖子，脑袋像发呆的鸡一样抖动了几下，一偏，听见什么似的，发起愣来。

他知道他的祖先以前也是落在这块岩石上，但他总觉得他们才是真正的猛禽。那时，他们的身躯比现在大得多，翅膀可以遮住好大一片太阳的光，落在这里，也和整个岩石差不多大。可现在……他低头瞅了瞅自己小小的身体，天哪！成什么样子，简直比一只公鸡大不了多少！

英勇的猛禽正凌空而下

它能一膀子拍断公骆驼的腰

这是一支流传在旷野长风里的古歌，每当风起时，他便听见。风声变成了祖先尖厉的啸叫，一下就点燃他胸脯前狂流奔窜的猛禽热血，一直涌向咽喉，使他兴奋、激动不安，渴望在拼搏中死去。他觉得，只有这样他才对得起他的祖先，对得起他鹰的家族和脚下的这座哈尔巴企克山峰。

他每天都在这块岩壁上站很长时间，他也说不上为了什么，反正他身体里有一股力量，一股模糊的欲望促使他等待什么似的站在这儿，漫无边际地想，漫无边际地望。他好像觉得自己也化成了岩石的一部分，成了面前这生命大舞台的局外人和旁观者。

和这一切拉开了距离，他的眼睛反而看得更清晰了。

在很远的那道山谷里，有含着肉香的淡烟飘起，还有几个小人影蠕动。他认得那座圆形的人的窝巢。在他还不能飞的时候，在他还十分软弱的年纪，那里面有一个长黄胡子的人攀上岩壁，把发红的粗大的肉爪子伸进窝里来。他惊叫着撑起软弱的身体，狠命地用嘴咬它。那只红红的肉爪子，又顽强、又灵活，但终于屈服了。它伸向了窝里的另一个，把他的伙伴带走了。

以后他曾飞到那黄胡子的圆窝上盘翔过几次，看见他的伙伴被铁链子拴住脚，立在一根木桩旁，神情沮丧，目光冷漠，抬头看见他的时候好像根本不认识他，懒洋洋的。

他不懂，那些刚刚学会站立而不再像其他野兽那样匍匐在大地上的人，用什么方法使伟大的居高临下的飞行物俯首帖耳？变得像鸡一样顺从，像鸽子一样飞去还飞回？但他知道，这些蠕动的不会飞行的动物，制服了禽类，使高傲的凌驾在他们头顶之上的精灵，成为他们的奴仆。人很厉害！他们有不少难以理解的本领，但他有一次还是俯冲下去，从那座圆窝顶上掠走了一块晾在上面的羊肉。他看见那些人大喊大叫，拿他却没一点办法，心里很得意。这是他对黄胡子实行的唯一一次报复。

想到这儿，他挺高兴，就张开翅膀扇了几下。他不会像人那样笑。

无数的山坳、峡谷连接着，串通着，在重重的险峰峻岭中形成了人走的道路。一般说来，野兽不从谷底走，而是在山上走，它们不到人走路的地方去，那里有一种危险的气味。

但也有时候例外。这时，穿过一片被山的阴影覆盖的松树林，就正有一只狼匆匆地走过来。

看得出，是只老狼。

它灰黄杂乱的皮毛和秋天茅草的颜色一样，上面粘着一些草杆儿和一些羊粪蛋一样灰乎乎的刺球儿，正低着头匆忙地走着。目光在光亮中显得暗淡，仿佛掩盖在灰烬中的两粒火星子。

它有一条前腿有些颠踬，像被狼夹子打过。但它宁可把被打住的腿咬断，也不在那儿束手就擒。狼都是亡命之徒。它们和狗不一样，狗要是警察，狼就是逃犯；狗要是在城里开卧车的司机，狼就是在戈壁滩开着大卡车跑长途的司机。再凶猛的狗也怕狼，骨子里怕。因为再棒的狗，也在被人喂养、叱骂、摆弄的过程中丧失了自尊心。人只是利用狗，哪会真正爱狗呢？他们爱的只是自己。而狼不一样，狼是在屈辱中独自求生的，它和狗的最大区别在尾巴上，一个是垂直的，一个是弯曲的。而尾巴，其实正是野兽们生命尊严的旗帜。

把一对同宗同种的孪生兄弟，造就成了完全势不两立的冤家对头，这只能说是人的残忍。他一边这样想着，一边下意识地拢紧翅膀，目不转睛地盯住那只老狼。

它已经在一条被春天的雪水冲刷出来的干涸了的河底上小心翼翼地走，那上面布满了白色的卵石和碎石片，使它走起来一瘸一拐的，样子挺可怜。

也就是这时，他发现远处草坡上出现了一只半大的小白狗，蹦蹦跳跳、愣头愣脑地游荡着，打打滚儿，咬自己的尾巴转圈儿玩，很天真的一副傻样子。这只小白狗还没有发现狼，老狼先发现了它。

他以为老狼会绕道逃走的，不料它反而迎上去，尾巴竟然翘起来了，耳朵也像狗那样耷拉下去一半。它向那只小白狗慢慢走去，在不远的地方站住。

小白狗满脸疑惑地望着它，嗅到一股陌生的凶气和野味。但是老狼懂得狗的礼性和语汇，显出一副倒霉的、被主人遗弃了很久的老狗的样子。小白狗相信了，而且同情它，朝它这边走来。

它们相互嗅着，用身体轻轻在对方身上蹭着，小白狗用尖细的嗓音吠吠地叫着表示信任和依恋。当老狼嗅至这只小白狗的颈下时，突然小白狗猛烈地抖动起来，不一会儿，那跳跃、挣扎的白色身体就跌倒了，被老狼拖进一片树林中去。

他第一次看见大地上发生这样的事。这只年轻的鹰，这只猛禽，在哈尔巴企克山那块门牙状的岩壁上，目睹了这只老狼卑鄙的骗局。

“狼不是亡命徒，而是恶棍！”

他对这只老狼的可怜心消失了，愤怒的血液流贯全身，直通到他那像生铁铸成的一双利爪上，抓得岩石也在嘎嘎地作响。

这下，他总算知道自己为什么老爱站在这儿了，他期待的那个时刻，到了。

像祖先尖厉的啸叫声那样凄厉苍劲的天风，突然掠过高空，使整个山峰摇晃起来……

他离开了那巨石，像个溺水的人那样，翅膀徒然地划动，身体却一下沉落下去好几丈。这么沿着陡壁滑了一会儿，翅膀才捉住向上的风，就势顺着深谷俯掠过去，他看准了一条气流铺设的跑道，长长地滑翔，迅速有力地抖动几下双翅，这才算跨到风的背上了。

盘旋，上升；再盘旋，再升高。

他开始寻找那只老狼。“老狼不可捕！”蓦然间，他想起这句父辈传给他的告诫。这句早已淡忘而实际上已经深深种在他心里的话，忽然清晰地跳出来，阻止他冒险。

悠然飘浮，他在高空来回踱步。

狼终于出现了。它从树丛里钻出来，朝周围望了望，站住，一边竖起两耳听听，一边用舌头舔着嘴边和鼻子尖上的血迹。它知道没什么异常，安心了。

咧开嘴打了一个可怕的哈欠，它便跃过河底，朝一片开阔地小跑过去，步态蹒跚，吃饱了的身体显得有些笨拙可笑。

这只恶狼正完全暴露在旷野上，而他恰恰盘旋到最适合的角度。告诫重新消失。他果敢地压低翅膀，猛一侧身子，毫不犹疑地从高空直射下去！瓷蓝的天空划出一道长长的裂缝。

山脊从他腹下急速掠过，每块石头的纹脉都看得清清楚楚。

树梢从他眼底一闪即去，大地骤然向他迎面伸开巨大的手掌。

他两眼死死盯住老狼灰黑的脊背，这一扑不能有闪失！只要扑不中，他知道第二下将是谁扑谁。着了地的鹰是搁浅的船，再起飞很困难。但是他决不扑闪，他要低低紧跟住狼，在最有把握的刹那发起攻击。

他那时首先会伸出左边的利爪，一下攫住狼屁股，让利爪的刃尖深扎进它的骨缝。这种剧痛是岩石也无法忍受的，狼一定会本能地反过身来扭头撕咬，一定是这样。那正好，他的右边的利爪就可以不失时机地抽过去，插过狼的两耳之间，掠过它的额顶，闪电般地、准确地直抠住它那对眼睛！

然后，双翅一用力，把瞎了眼的狼提起来，让它四蹄离地，它的力量就全没了。两只前后抠紧的利爪猛力向中间一撅，那狼腰就断了。猛禽几千年来就是这样从大地的怀抱里夺取肉食的，他曾经这样多次捕杀过狐狸。

对付老狼，这却是头一次。

他双翅驾着一股带腥味的雄风，自空而降……

那老狼，仍旧只是不慌不忙地、蹒跚地小跑着，头也不曾抬起向天上望一望，好像压根儿不知道危险将临，但它的两眼却死死盯住地面。

地面上有一个鹰的投影。

它盯住他的影子，紧紧咬住锋利的牙齿，像是咬住了那只从空中盯住它背脊的家伙。它恨他，一切在它吃饱了肚子之后向它挑衅的混蛋，它都恨！恨到牙齿缝儿里，牙齿根儿里！不用抬头，它就知道来的一定是那号自以为正义的乳臭未干的臭鸟，它简直想扭过头来朝他破口大骂一阵，骂个痛快，“滚你的，地上的事你少管！”可它没那么蠢，那是些不懂事的小狼干的傻事，它知道克制。而克制常常要比一般的勇猛更见效，知道并能做到这一点，就是最了不起的资本。

所以，当那只年轻的猛禽开始攻击它，用那只利爪抓住它的后臀，直扎透骨缝、掐断神经的时候，它没叫。

它把一声彻骨的狂嚎关在喉咙里，只挤出一丝呻吟。清醒的计谋扼制住本能。

它反而更低地向前伸着头，开始狂奔。

鹰的翅膀在它身后猛烈地拍响，掀起尘土、砂石，拖住它，像两叶逆风的大帆，摇摇晃晃，忽左忽右，好几次它都几乎要被掀翻了。它后腿软绵绵的，使不上力，剧痛这时已经麻木了。它是一头拖着死神的老狼，要么被他撕碎，要么撕碎他！

它拼命朝一片枝干密密匝匝的灌木林奔过去……救命的

树呵！它在心里喊着。

像个不幸坠马而又有一只脚套在镫里的骑手，他如今被一只残缺不全的只有三条半腿的老狼倒拖着狂奔。他几乎还没明白过来，态势就突然逆转成这个样子，一只爪已经深陷在狼身上，被锁在骨缝里，取不出来了；另一只爪只能无望地在狼背上挥舞，却无法够到它的要害——眼睛。狼只要不回转身来，他就毫无办法。这时，他才隐隐感到这只老狼的厉害。它不露声色的克制，从中间破坏了他的连续性打击，并使他的第一次打击转化成无法摆脱的牵制。

狼发疯般不顾一切地冲进灌木林。

枪林剑丛，劈面刺来！

枝杈戳他，枝条抽打他、纠缠他，蛛网一样的蒿草捆缚他的翅膀，而老狼，拼命地拖着他朝灌丛深处钻！他将这样被活活拖垮。

他那只无望的右爪本能地抓住一棵矮树的枝干，一下就抓住不放了。他是一只年轻的鹰，树是他信任的东西，抓紧树干是他的禽类本能，他想借以重新腾空起来。

然而他抓住了不幸，犯了致命的错误。

两只铁钩似的利爪都无法脱开了，他感到两腿之间的筋肉猛然间被撕裂，血液发出金属被击时的那种鸣叫声，他觉得自己被分成了两个……

昏迷之中，他还听见自己的翅膀在不停地扑打着，发出很大的声响，像是一面钉在树上的旗帜，“哗啦——哗啦”地在风里颤抖着，痉挛着。

哈尔巴企克山钢蓝色的积雪的山峰和那块大岩石在他眼里最后闪现了，定格在他的渐渐凝固的瞳孔里。

“只有高飞过，才知道匍匐之不幸！”

一声长叹，他真是遗憾死了。

那只老狼从灌丛里窜出来，惊魂未定地喘息着，伸出舌头。它扭头望着那片灌木林，声响渐渐消失了。慌乱中毫无目的地转了一阵，它累极了，便卧在地上。然后，它又坐起来，可是它突然像被咬了一下似的跳起来，那只猛禽的铁爪还留在它身上！

剧痛又开始了！它觉得像有一只坚硬的东西在凿它的骨头，磨碰它的神经，使它无法休息，无法安宁。它试着扭过身去咬，但一拽更疼。“这可恶的鹰爪是倒钩！”它恐惧了，它长嚎起来，打滚，不停地扭着屁股。而且它老觉得身后跟着一个什么异物，下意识地受惊，不由自主地奔逃。

它知道，这个无法摆脱的东西会一直这么折磨它，直到它筋疲力尽地死掉……

嗷——它向旷野发出绝望而又凄凉的长嚎，一声又一声。

飒飒的秋风从长空直射下来，似乎带着云层里的一股子杀气，从长满灌木和茅草的大地上俯掠过去，直透旷野深处。

天凉了。

1985年6月21日写毕

巩乃斯的马

没话找话就招人讨厌，话说得没意思就让人觉得无聊，还不如听吵架提神。吵架骂仗是需要激情的。

我发现，写文章的时候就像一匹套在轭具和辕木中的马，想到那片水草茂盛的地方去，却不能摆脱道路，更摆脱不了车夫的驾驭，所以走来走去，永远在这条枯燥的路面上。

我向往草地，但每次走到的，却总是马厩。

我一直对不爱马的人怀有一点偏见，认为那是由于生气不足和对美的感觉迟钝所造成的，而且这种缺陷很难弥补。有时候读传记，看到有些了不起的人物以牛或骆驼自喻，就有点替他们惋惜，他们一定是没见过真正的马。

在我眼里，牛总是有点落后的象征的意思，一副安贫知命的样子，这大概是由于过分提倡“老黄牛”精神引起的生理反感。骆驼却是沙漠的怪胎，为了适应严酷的环境，把自己改造得那么丑陋畸形。至于毛驴，顶多是个黑色幽默派的小丑，难当大用。它们的特性和模样，都清清楚楚地写着人类对动物的征服，生命对强者的屈服，所以我不喜欢。它们不是作为人类朋友的形象出现的，而是俘虏，是仆役。有时候，看到小孩子鞭打牛，高大的骆驼在妇人面前下跪，发情的毛驴被缚在车套里龇牙大鸣，我心里便产生一种悲哀和怜悯。

那卧在盐车之下哀哀嘶鸣的骏马和诗人臧克家笔下的“老马”，不也是可悲的吗？但是不同。那可悲里含有一种不公，这一层含义在别的畜生中是没有的。在南方，我也见到过矮小的马，样子有些滑稽，但那不是它的过错。既然橘树有自己的土壤，马当然有它的故乡了。自古好马生塞北。在伊犁，在巩乃斯大草原，马作为茫茫天地之间的一种尤物，便呈现了它的全部魅力。

那是一九七〇年，我在一个农场接受“再教育”，第一次触摸到了冷酷、丑恶、冰凉的生活实体。不正常的政治气候像潮闷险恶的黑云一样压在头顶上，使人压抑到不能忍受的地步。强度的体力劳动并不能打击我对生活的热爱，精神上的压抑却有可能摧毁我的信念。

终于有一天夜晚，我和一个外号叫“蓝毛”的长着古希腊人脸型的上士一起爬起来，偷偷摸进马棚，解下两匹喉咙里滚动着咴咴低鸣的骏马，在冬夜旷野的雪地上奔驰开了。

天低云暗，雪地一片模糊，但是马不会跑进巩乃斯河里去。雪原右侧是巩乃斯河，形成了沿河的一道陡直的不规则的土壁。光背的马儿驮着我们在土壁顶上的雪原轻快地小跑，喷着鼻息，四蹄发出嘚嘚的有节奏的声音，最后大颠着狂奔起来。随着马的奔驰、起伏、跳跃和喘息，我们的心情变得开朗、舒展。压抑消失，豪兴顿起，在空旷的雪野上打着呼哨乱喊，在颠簸的马背上感受自由的亲切和驾驭自己命运的能力，是何等的痛快舒畅啊！我们高兴得大笑，笑得从马背上栽下来，躺在深雪里还是止不住地狂笑，直到笑得眼睛里流出了泪水……

那两匹可爱的光背马，这时已在近处缓缓停住，低垂着脖颈，一副歉疚的想说“对不起”的神态。它们温柔的眼睛里仿佛充满了怜悯和抱怨，还有一点诧异，弄不懂我们这两个人究竟是怎么了。我拍拍马的脖颈，抚摸一会儿它的鼻梁和嘴唇，它会意了，抖抖鬃毛像抖掉疑虑，跟着我们慢慢走回去。一路上，我们谈着马，闻着身后热烘烘的马汗味和四围里新鲜刺鼻的气息，觉得好像不是走在冬夜的雪原上。

马能给人以勇气，给人以幻想，这也不是笨拙的动物所能有的。在巩乃斯后来的那些日子里，观察马渐渐成了我的一种艺术享受。

我喜欢看一群马，那是一个马的家族在夏季牧场上游移，散乱而有秩序，首领就是那里面一眼就望得出的种公马。它是马群的灵魂，作为这群马的首领当之无愧，因为它的确是无与伦比的强壮和美丽。匀称高大，毛色闪闪发光，最明显的特征是颈上披散着垂地的长鬃，有的浓黑，流泻着力与威严；有的金红，燃烧着火焰般的光彩。它管理着保护着这群牝马和顽皮的长腿短身子马驹儿，眼光里保持着父爱的尊严。

在马的这种社会结构中，首领的地位是由强者在竞争中确立的。任何一匹马都可以争夺，通过追逐、撕咬、拼斗，使最强的马成为公认的首领。为了保证这群马的品种不至于退化，就不能搞“指定”，不能看谁和种公马的关系好，也不能凭血缘关系接班。

生存竞争的规律使一切生物把生存下去作为第一意识，而人却有时候会忘记，造成很多误会。

唉，天似穹庐，笼盖四野。在巩乃斯草原度过的那些日子里，我与世界隔绝，生活单调；人与人互相警惕，唯恐失一言而遭灭顶之祸，心灵寂寞。只有一个乐趣，看马。好在巩乃斯草原马多，不像书可以被焚，画可以被禁，知识可以被践踏，马总不至于被驱逐出境吧？这样，我就从马的世界里找到了奔驰的诗韵。油画般的辽阔草原，夕阳落照中兀立于荒原的群雕，大规模转场时铺散在山坡上的好文章，熊熊篝火边的通宵马经，毡房里悠长喑哑的长歌在烈马苍凉的嘶鸣中展开，醉酒的青年哈萨克在群犬的追逐中纵马狂奔，东倒西歪地俯身鞭打猛犬，这一切，使我蓦然感受到生活不朽的壮美和那时潜藏在我们心里的共同忧郁……

哦，巩乃斯的马，给了我一个多么完整的世界！凡是那时被取消的，你都重新又给予了我！弄得我直到今天听到马蹄踏过大地的有力声响时，还会在屋子里坐卧不宁，总想出去看看，是一匹什么样儿的马走过去了。而且我还听不得马嘶，一听到那铜号般高亢、鹰啼般苍凉的声音，我就热血陡涌、热泪盈眶，大有战士出征走上古战场，“风萧萧兮易水寒”的悲壮之慨。

有一次我碰上巩乃斯草原夏日迅疾猛烈的暴雨，那雨来势之快，可以使悠然在晴空盘旋的孤鹰来不及躲避而被击落，雨脚之猛，竟能把牧草覆盖的原野一瞬间打得烟尘滚滚。就在那场暴雨的豪打下，我见到了最壮阔的马群奔跑的场面。仿佛分散在所有山谷里的马都被赶到这儿来了，好家伙，被暴雨的长鞭抽打着，被低沉的怒雷恐吓着，被刺进大地倏忽消逝的闪电激奋着，马，这不肯安分的牲灵从无数谷口、山坡涌出来，山洪奔泻似的在这原野上汇聚了，小群汇成大群，大群在运动中扩展，成为一片喧叫、纷乱、快速移动的集团冲锋！争先恐后，前呼后应，披头散发，淋漓尽致！有的疯狂地向前奔驰，像一队尖兵，要去踏住那闪电；有的来回奔跑，俨然像临危不惧、收拾残局的大将；小马跟着母马认真而紧张地跑，不再顽皮、撒欢，一下子变得老练了许多；牧人在不可收拾的潮水中被挟裹，大喊大叫，却毫无声响，喊声像一块小石片跌进奔腾喧嚣的大河。

雄浑的马蹄声在大地奏出鼓点，悲怆苍劲的嘶鸣、叫喊在拥挤的空间碰撞、飞溅，划出一条条不规则的曲线，扭住、缠住漫天雨网，和雷声雨声交织成惊心动魄的大舞台。而这一切，得在飞速移动中展现，几分钟后，马群消失，暴雨停歇，你再看不见了。

我久久地站在那里，发愣、发痴、发呆。我见到了，见过了，这世间罕见的奇景，这无可替代的伟大的马群，这古战场的再现，这交响乐伴奏下的复活的雕塑群和油画长卷！我把这几分钟间见到的记在脑子里，相信，它所给予我的将使我终身受用不尽……

马就是这样，它奔放有力却不让人畏惧，毫无凶暴之相；它优美柔顺却不任人随意欺凌，并不懦弱，我说它是进取精神的象征，是崇高感情的化身，是力与美的巧妙结合恐怕也并不过分。屠格涅夫有一次在他的庄园里说托尔斯泰“大概您在什么时候当过马”，因为托尔斯泰不仅爱马、写马，并且坚信“这匹马能思考并且是有感情的”。它们常和历史上的那些伟大的人物、民族的英雄一起被铸成铜像屹立在最醒目的地方。

过去我认为，只有《静静的顿河》才是马的史诗；离开巩乃斯之后，我不这么看了。巩乃斯的马，这些古人称为骐骥、称为汗血马的英气勃勃的后裔们，日出而撒欢，日入而哀鸣，它们好像永远是这样散漫而又有所期待，这样原始而又有感知，这样不假雕饰而又优美，这样我行我素而又不会被世界所淘汰。成吉思汗的铁骑作为一个兵种已经消失，六根棍马车作为一种代步工具已被淘汰，但是马却不会被什么新玩意儿取代，它有它的价值。

牛从挽车变为食用，仍然是实用物；毛驴和骆驼将会成为动物园里的展览品，因为它们只会越来越稀少；而马，当车辆只是在实用意义上取代了它、解放了它时，它从实用物进化为一种艺术品的时候恰恰开始了。

值得自豪的是我们中国有好马。从秦始皇的兵马俑、铜车马到唐太宗的六骏，从马踏飞燕的奇妙构想到大宛汗血马的美妙传说，从关云长的赤兔马到朱德总司令的长征坐骑……纵览马的历史，还会发现它和我们民族的历史紧密相连着。这也难怪，骏马与武士与英雄本有着难以割舍的亲缘关系呢，彼此作用的相互发挥、彼此气质的相互补益，曾创造出多少叱咤风云的壮美形象？纵使有一天马终于脱离了征战这一辉煌事业，人们也随时会从军人的身上发现马的神韵和遗风。我们有多少关于马的故事呵，我们是十分爱马的民族呢。至今，如同我们的一切美好传统都像黄河之水似的遗传下来那样，我们的历代名马的筋骨、血脉、气韵、精神也都遗传下来了。那种“龙马精神”，就在巩乃斯的马身上——

此马非凡马，
房星是本星；
向前敲瘦骨，
犹自带铜声。

我想，即便我一直固执地对不爱马的人怀一点偏见，恐怕也是可以得到谅解的吧。

1984年5月20日于乌鲁木齐

过　河

这时我才发现，我骑了一匹极其愚蠢的马。一路走了二十多公里，它都极轻快而平稳，眼看着在河对岸的酒厂就要到了，它却在河边突然显示出劣根性：不敢过河。

它是那样怕水。尽管这河水并不深，顶多淹到它的腿根；在冬日的阳光下，河水清澈平缓地流着，波光柔和闪动，而宽度顶多不过十几米。但是它却怕得要死。这匹蠢马，这个貌似矫健的懦夫！它的眼睛惊恐地张大，前腿劈直胸颈往后仰，仿佛面前横陈的不是一条可爱的小河，而是一道死亡的界限或无底的深渊！

我怀疑这匹青灰色的马儿对水一定患有某种神经性恐惧症。也许在它来到世间的为期不算很长的岁月里，有过遭受洪水袭击的可怕记忆，因而这愚蠢的畜生总结出了一条不成功的经验。像一个固执于己见的被捕的间谍似的，任凭你踢磕鞭打，它就是不使自己的供词跨过头脑中那个界限。

我想了很多办法——用皮帽子蒙住马的眼睛，先在草地上奔驰，然后暗转方向直奔河水，打算使其不备而奋然驰过。结果它却在河沿上猛地顿住，我反而险些从马头上翻下去。不远处恰有一座独木桥，我便把缰绳放长，自己先过对岸，用力从对岸那边拽，它依然劈腿扬颈，一用力，我又差点儿被它拽下水。

面对如此一匹怪马，我只好长叹：吾计穷矣！但今天又必须过河，我必须去酒厂；倘要绕道，大约需再走二十公里。无奈之下，只得朝离得最近的一座毡房走去，商量先把马留在这里，我步行去办完事再来取。

一掀开毡帐我就暗暗叫苦，里面只有一位哈萨克族老太太，卧在床上，似有重病。她抬起眼，目光像风沙天的昏黄落日，没有神采；而那身躯枯瘦衰老，连自己站起来也很困难似的。看样子，她至少有八十岁；垂暮之年，枯坐僵卧，谁知哪一刻便灵魂离开躯壳呢？可是既然进了门，总不好扭头便走，我只好打着手势告明她我的困难和请求，虽然我自己也觉得等于白说。

她听懂了——其实是看懂了。摆摆手，让我把她从床上搀起来，又让我扶她到外边去，到了河边上，她又示意让我把她扶上马鞍。我以为老太太的神经是不是也不对劲儿了？她连路都走不稳，瘦弱得连躺着都叫人看着累，竟然“狂妄”地要替我骑马过河，这不是拿我开玩笑吗？我这样年轻力壮的汉子尚且费尽心机气喘吁吁而不能，她？能让这匹患有“神经性恐水症”的马跨进河水？我无论怎样钦佩哈萨克人的马上功夫，也不能相信她眼前这种可笑的打算。

可是当我刚把她扶上马背，我就全信了。她那瘦小的身躯刚刚落鞍，那马的脊背竟猛然往下一沉，仿佛骑上来一个百十公斤重的壮汉，原来的那种随随便便满不在乎的顽劣劲儿全不见了，它立得威武挺直，目光集中，它完全懂得骑在背上的是什么样的人，就如士兵遇上强有力的统帅那样。这马不愚蠢，倒是灵性大得过分了。它当然还是不想过河，使劲想扭回头，可是有一双强有力的手控制住了它，它欲转不能。它四蹄朝后挪蹭的劲儿突然被火烧似的转化为前进的力，踏踏地跃进河中，水花劈开，在它胸前分别朝两边溅射。铁蹄踏过河底的卵石发出沉重有力的声响，它勇猛地一用力，最后一步竟跃上河岸，湿漉漉地站定。

我把老太太扶下马，又把她从独木桥上扶回对岸，然后在她的视线里牵马挥手告别（我不敢当她的面上马）。她很弱，在河对岸吃力地站着，久久目送我。

此事发生在一九七二年冬天的巩乃斯草原，而天山，正在老人的身后矗立，闪闪发着光。

白马夕阳

一匹白马。

在夕阳欲落时的草原的辉光里，孤零零地，也可以说是极其悠闲自在地站立在深草里，像是被遗落在那里一般。

在它的周围没有它的同类，没有一匹任何毛色的马，黑色的、花斑脖子的、棕红色的，都没有。西极的天空宛如蛋青被殷红的血抹涂过了那样，丝丝缕缕的云霞被随意扔在空中，像是刚刚诞生过婴儿的产床上撂下的母亲沾血的衣裙。一切都很安详和满足。在这种安详和满足中，有一丝颤动着的空旷寂寥在暗中游走。

辉光下的草原开满了罂粟花，仿佛深碧的海里长满了红珊瑚。草原铺向无边的远方，其中曲折环绕着一些细长随意的道路。看起来似乎是草原在和天空默默地比着谁更阔大。

在这样一个虚实相间的空间里，白马独自存在着。它显得太白了，纯净得几乎成了一团梦幻，而且因此而显得有些不太真实。生活中何曾有过这么白的马呢？像是用银子铸就的，最白的云朵妆成的。它若是一动不动，你就会不相信它是真的。

但是它动了。

在夕照的辉映之下，它银光闪闪，宛如透明。你可以看到它的嘴唇因光照而泛着胭脂的红嫩，鬃颈相接处隐约着一脉天青，而拂地的长鬃飘洒如瀑……它缓缓地移动着，在齐胸的深草里，安然深陷。

这时，有一台胶轮式拖拉机从草原的小路上驶过，拖拉机后面挂着拖车，拖车上坐着或站着一些青年人，有男青年也有女青年。

“看呵，多漂亮的一匹白马——”有一个人喊起来，所有的人都站起来看着它。拖拉机上的年轻人都被眼前的这一幅天然的油画感动了，他们当中有的唱起歌来，有的向它招手，有的为它鼓起掌来。

“白马，跑起来吧，跟我们一起走吧——”他们当中有人这样喊着。

“白马王子，跟我们回家吧——”有几个女青年笑着这样呼唤它。

白马抬起了头颈。

它注视着这群年轻人。

在它抬高了头颈的时候，从脖颈间斜斜地飘然滑落的银色长鬃，分外优美。它在注视这些人的当儿，两耳耸立起来，它在谛听，像是能懂，眼神里充满柔顺和会意的神情。

它略微犹疑了一下，然后尾随着拖拉机走了过来。在深草齐胸的原野上，看不到它的蹄腿，远远望去，白马像一座小小的冰山在海浪间浮游着。

看到这景象，拖拉机上的人们欢呼起来，他们没料到白马竟如此意会神通！

在欢呼和喝彩声中，白马奔跑起来，在离拖拉机几丈之遥的距离下，白马保持着距离，追赶过来。它稳健地奔跑着，像是护送，也像是对盛情难却的表演，还像是一种生灵对生灵的亲近和友情。

一瞬间天地万物缩短了距离。

所有的辉光都照临在白马身上，在整个世界的这座舞台上，它就是神。仿佛有一位神正骑在它背上策驭着它，命它追赶回报人类中一群初心未泯的爱意；然而它背上没有任何多余的东西，嘴上也没有辔头，它是全然自在的一匹马。

白马追赶了一阵，缓缓地停下来。它站住，腰身蹄腿完美之至。它在目送人们，望着拖拉机上的青年人渐渐远去，仍像是被遗落在旷野里一般。

夕阳转暗。

1995年5月31日

斑马之美

和驯养的马相比，从外表上看，斑马更像是人工精心育养的。它们那么整洁、那么饱满，高矮胖瘦也差不多，身上的斑纹极具时尚感——就像是假的、人画上去的，斑马很像人造的产品。

然而斑马的确是野生的，完全没有驯化的。这很奇怪，为什么别的马都早已驯化，唯独斑马不能驯化呢？难道仅仅因为它身上有着奇妙的条纹吗？时至今日，我们没有看到过任何一位骑士或美女骑着斑马招摇过市，斑马是马，但是斑马不能乘骑。这和我们对马形成的经验大异其趣，有些不可思议。

斑马有强健的身躯，完美的腰背，滚圆饱满的臀部和短而结实的脖颈，可以想象，骑上去非常合适。更何况它的四条腿蹄像纯钢铸就，其奔跑的能力为马中罕见。如果骑着一匹斑马去参加奥运会赛马，肯定会爆出本世纪最大的新闻。有过这种想法的人肯定少不了，但是所有的尝试也都以失败告终，天赐斑马以完美的腰身，同时大自然又赐斑马以永不就范的野性灵魂！

斑马之美，美在极近人工而完全野性。它太漂亮了，真可以说巧夺天工。它的斑纹布局巧妙，鬃毛齐整如梳，它像一个大玩具，一个电脑绘制的图像，然而它宁肯与狮群周旋也不让人摆弄。

斑马的面部斑纹有些像京剧脸谱，这使它更美。黑白相间的条纹非但没有让它变得更凶暴，反而让它显示出一种难得的优雅和温柔。斑马的这张脸是怎么画出来的？谁给它画的？画得像人的指纹一样成为个体的终极标识。

斑马在非洲草原上组成帝国，组织严密，个体自由，它们强有力的四蹄震撼大地，以美丽的斑纹装点世界，被狮子撕裂或被鳄鱼咬噬，证明美并不能阻止饥饿。然而斑马不会长久地沉溺于哀痛，它在尖牙利爪和血盆大口的夹缝中奋勇求生，在干旱中迁徙，长途中跋涉，熟悉了非洲的每一寸土地，俨然是这里主人。

斑马之美，请勿猎杀。

细　狗

吐尔逊别克的父亲来看吐尔逊别克。

当他来到连队的时候，这个哈萨克老人显得风尘仆仆，有些疲惫。他下了马，一直牵着那匹和他差不多苍老的马走到连部门口。他走过来的时候显得又矮又笨拙，仿佛不是一个完整的、行走的人，而是从马背上临时卸下来的一部分零件。

老人茫然地注意着周围的一切，脸上现出一种类似野生动物的表情，他始终不说话，沉默而又顺从，仿佛是一个刚被抓来的俘虏。

直到吐尔逊别克从屋子里出来，和他的老父亲见面的时候，老人低声地叽里咕噜了几句，脸上仍然没有绽开笑容。好像他不是骑着马翻山越岭走了三四天，而是从隔壁的屋里才走出来。

他把缰绳交给吐尔逊别克，看着儿子仍然熟练地拴了马，就跟进屋里去了。

当时连队院里站着好几个人，都在观望着这对哈萨克父子的相见。我也站在院子里，我为看到的这一幕过于朴实平淡而心生感动。要知道，这位哈萨克老牧人可是骑马穿过了好几个县来的，大冬天的风雪，少说几百公里，就单人匹马地来了。他的狐狸皮帽子戴在那张苍劲的面孔之上，没有丝毫浪漫的骑士风采，只显得实用。

我走过去看了看他那匹马，很一般的那种牧民骑的马，鞍鞯也普通。马有些瘦，马毛杂乱，被汗湿了的皮毛上结了冰霜。它低垂着头颈，一动不动，眼睛微闭，任人们评价。

这时我才发现连队门外游动着一条狗，它探头探脑，似乎想进来，但又犹疑不决，仿佛没有足够的信心确认它和这个院子的关系。

它太瘦了，瘦得像一张弯弓，一个问号。

但是它瘦得独特，甚至瘦得高贵优雅，一身白色，四条长得离奇的腿，犹如一只仙鹤，它的嘴也是尖而长的。它的腰部像一张弓，背向上耸起。肚腹间仿佛被豹子挖空了，其凹处足可一握。

这么一条狗，从哪儿来的呢？

有人拿石头扔它，它灵巧地躲闪开，怯生生的。它对人有一种忍让的品格，决不吠叫。

还有人看见它就笑了，说：“没见过这么瘦的狗哎，明天就饿死了，太可怜了。”

但是这狗并不走远，也不进来，它很警惕，也很陌生；有可怜它的人扔馒头给它吃，它看也不看一眼。它的眼神是一种聪明、羞怯、丝毫没有凶相的少女似的眼神，黑而清澈，仿佛它什么都明白，就是不太好意思。

我忽然对它产生兴趣，感到它有些不同寻常，我想起有些外国小说插图里画的猎兔狗，也是这种类似的样子。那是一些欧洲贵族围猎时用的名犬，这条狗会是吗？

我试着追逐了它一阵，果然，它跑起来轻盈得就像是没有分量，轻松极了，随意一跳就蹿出去一丈之遥。它跑起来就像一只豹子，不，比豹子更富有弹射力，它简直就是在把自己射出去！

姿势太漂亮了，优雅极了。

它是一条狗，然而它使自己具有了鸟类一般的轻灵，这真是奇迹。它的跑跳几乎就是飞行，因它身躯的奇异细长而伸缩自如、灵活有力。

这不是瘦弱，而是犬种的某项天才！

我知道了，它是细狗。细狗是草原上最受哈萨克猎人珍爱的一种名犬，专门用来捕狐。一般的牧羊犬粗壮凶猛，可以与狼搏斗。但是它们太沉重了，追不上狐狸，而狐皮是相当贵重的，价值远胜狼皮；只有细狗可以追捕狐狸，还能钻进狐狸的洞穴，细狗生来仿佛就是为了对付狐狸的。

吐尔逊别克朝我走过来了。他微笑着朝我打手势，“不要打它，我父亲的狗”。

我问他：“是细狗吗？”

“当然了，”他很骄傲地说，“这是我父亲最宝贵的东西，比马还重；这样的狗，不是太多，人家拿十只羊换它，我的父亲不愿意呢！”

“可是刚才还有人说它瘦得快死了呢。”

“那些人懂什么！他们不懂。哈萨克人一看就知道，最高级的狗啦！它从来不咬人，看起来老实得很，其实它厉害，一看到狐狸，没有跑掉的，一定抓住！”

“公安局抓特务吗？”我开玩笑。

“比公安局抓特务还厉害！”

我们俩都笑起来。

吐尔逊别克的父亲第三天就走了，走的时候，我才看到那只白色细狗兴奋、激动的样子。它像一只白色的鸟儿盘旋、飞翔在主人前后，稍不留神，就远远地把自己射出好几百米开外……它的身姿矫捷得令人赞叹！

我在连队门外一直目送着他们，我想，一类天才式的人物在世间也是这样被误解的，和良种犬一样。它身上没有保留供人食用和役用所需的多余的肉，因而在一般人眼里，它毫无价值。

但是吐尔逊别克的父亲了解它，知道它的本事，把它看得非常珍贵。

吐尔逊别克的父亲不是名犬鉴赏家，不是生物学家，他只是一个骑着老马的草原猎人，看起来表情简单、缺乏激情。

一双罗圈腿。笨拙迟缓。

1995 年 1 月 6 日

小狗为什么这么可爱呢

小狗为什么这么可爱？哎——为什么可爱得这么没道理、这么自在、这么浑然不知、这么完美？特别是比它的爹娘更可爱，难道它不是那对狗爹狗娘生的而是上帝之手亲塑的？那么，上帝呀，你为什么对这些小动物如此偏爱？

小狗为什么这么可爱？哎——可爱得让人心酸、让人感慨、让人恨不能是自己亲生的，让人心甘情愿当它的父母，庇护它，照料它，全心全意为它服务，抓屎抓尿把它养大。小狗的可爱超越了狗，扩展了人类的审美和良知，它的完美震撼了人类。

小狗为什么这么可爱？

有时候一个罪犯，他可能会杀人却不忍心加害这样一只小狗；他下不了手，说不定会收养它。有时候一个饿汉，他恐怕很难毫不犹豫地把小狗煮熟了吞吃下去。

小狗睡了，更加惹人怜爱。

它的睡相你完全可以看作是天使的睡相，纯真无邪，憨顽圆熟。它那么干净，那么天然，那么饱满，展示了一个幼小生灵对这个世界的信赖，它有盲目的安全感。

它太小了，太幼稚了。

它不知道这世界每时每刻都是动荡的、变化的，危险的因素随时存在。它更不知道它所依托的人类本身就是最不安全的因素，处在各种恐怖的威胁之中——这一切，小狗不知道，所以它睡得最香，像天使一样。

小狗为什么这么可爱?

因为无知，所以无畏也无邪。

猫的本事

本来，猫可以统治人以外的整个世界——我这么想；只是可惜它被造小了——假如当初它的形体被造成牛那么大，那它就不会成为人类脚边的驯顺之物，而会成为消灭人类的大地主宰。

我这种想法，是在我看到我家的这只勾着黑白脸谱的花猫时产生的。它正在土炕上打哈欠、伸懒腰。在这一刹那，它咧开猛兽特有的黑嘴，露出尖利的牙齿，展示出豹子一般柔韧有力的细长身躯……四个伸直的软蹄上图穷匕现，充满杀机。

谢天谢地！我想，亏是它造小了，不然，被追杀得四处乱钻的将不是老鼠而是我们人类了。我这不是偶然突发奇想，也不是没见过猫，而是因为回到吉木萨尔家里几天来，我已经接连目睹了这只花猫惊人的能耐，它的确令人惊叹不已！

只有在农村，猫的重大作用和高超本事才能如此一览无余地被发现、观赏，而且分别以正剧、喜剧和暴行三种形式演出。

第一次，我家的猫成功地扮演了正面英雄形象。那天黄昏，我们全家坐在土炕上闲聊，而猫，蜷卧在广阔土炕的一隅昏昏沉睡。

黄昏是农家美妙的时刻，尤其是闲坐在温暖的土炕上。夕阳在窗纸上涂染着最后一点淡黄，有一种明亮的安详对暗淡的转换所表现出来的礼让。时光在这个时候像一位谦谦君子，它似乎有一刻停留，有一种仪式，像在等候什么，并不匆忙撇下这一切就走。

然而在这种美妙的时刻却有一种不美妙的东西悄悄蠕动，不幸被居高临下的土炕上的我们同时发现了：一只老鼠，正顺着土墙根悄悄回洞。洞就在墙角，可以看得见，那鼠，已经离洞口不远了。

看见老鼠的我们不会抓，会抓老鼠的猫却正在睡觉。急得我们直喊“猫！老鼠——；老鼠——猫！”全忘了那猫听不懂人的语言，而老鼠听见喊声就会逃得更快。

不过，喊声还是惊醒了猫。它稀里糊涂东张西望，等它看见时，那只老鼠眼看着已经在进洞了。“嗨，来不及了！”父亲像看一场足球赛错过了绝好射门机会时的球迷那样，痛声惋惜。谁也没料到，猫就是猫，猫的本事竟如此大幅度地超越了人的想象。它从土炕的一隅到墙角的鼠洞，恰为这间房子的对角线，中间必须跨越横七竖八的我们杂乱的腿，必须在老鼠全身钻入洞口的一瞬扑出一丈开外。这太难了，但是它奇迹般实现了。它几乎是一个闪电，一个极快的念头，一个超现实的幻觉，用右前爪把完全入洞的老鼠给掏了出来！

看着这一幕场景，我目瞪口呆。说真的，在人类任何一种运动中，我从未看见过像猫这样矫捷不凡的身手。

有趣的是，没过两天，我又目睹一次这只猫逮老鼠时上演的滑稽戏，它像个小丑，简直可以说是笨透了。

那天是一只耗子在面柜附近折腾，弄出了声响。猫听见了，绕着面柜底下的缝又堵又掏，像和耗子捉迷藏。结果，那耗子爬上面柜，不小心，掉进面柜里，全身成了白的。花猫不知道，还在下面费精神。还是父亲着了急，把猫抱到面柜上，说："老鼠在里面！"

花猫很固执，坚信耗子还在柜底，又跳下去寻。

父亲又把猫抱上去，就差把耗子抓住送给它了，它还想往下跳。如此三番五次，终于，面柜里的耗子白乎乎地一动，它看见了，扑下去咬住，弄得满身面粉，像掉进了石灰里……惹得我们大笑。

猫是挺有趣的。这个小开本的猛兽好像是专门为耗子而制作的，捕食的才能出神入化。然而在沾满面粉的化了妆的白耗子面前，它失去判断，固执犯傻，进化了几十万年的才能碰上了难题。细细想想，会觉得上帝心真好，他把老虎的祖师爷造小，让它依恋人，卧进人的掌心，成为"咪咪"叫着的可爱小动物，丝毫用不着害怕。这是上帝的恩赐，把最凶猛的变成最可爱的，袖珍老虎，它的厉害只是指向老鼠。这使我们在逗猫玩时，享受到了类似逗老虎玩的乐趣。

我家的房檐上有一个野鸽子搭的窝，这当然很吉利，是鸟类对善良人家的信任。窝不算很高，因为房檐就不很高。可以看得见，一对恩爱的灰鸽子很忙，窝里常传出小鸽子的叫声。

花猫常在屋檐下仰看，然而它这个特警队员对付不了空军基地，无奈，渐渐习以为常。一天中午，由于我的百无聊赖和恶作剧心理，一场在灿烂阳光下人猫合作的暴行，终于发生了。

当时我只是想逗逗那猫，馋馋它，并不想满足它嗜血的本性。我把一根粗木柱斜架在墙上，故意离那鸽巢很远，大约有一米多，我估计花猫够不着。

它像是打招呼征求我的意见那样，仰起脸朝我可怜地叫了两声，见我鼓励它，就立即行动起来，爬上木柱。木柱有点转动，它谨慎地维持平衡，杂技演员一样，上了顶端。它在上面观察一下，就扭回头来，看着我叫起来，叫得既委屈又让人怜悯。那意思很明白，是说："这么远谁能够着呀？这不是太过分了吗？"

我把那木柱朝上靠了靠，最多靠了几寸，我依然认为它够不着。

它从柱顶上立起来，前爪扶着土墙，这样，它离那窝的距离就又缩短了将近半米。“不行！”我看出了危险性，喊它。已经无法挽回了，喊声未落，它像美国职业男篮队员双手扣篮那样，一耸而起，两只前爪抓住鸽巢，凌空悬在下面，摇摇欲坠！它两目间已经完全没有一丝温驯和可怜，闪耀出一派果决、勇猛、精神抖擞的杀气和置一切危险于度外的野蛮！它用一只前爪抓紧鸽巢吊住悬空的身体，腾出另一只前爪来，伸进窝里，一掏，掏出一只羽翼渐丰的小鸽子。然后放进嘴里，咬住；翻身跃向柱顶，连滚带爬地下了地面，呜呜地叫着，在墙角吃起来。

我后悔莫及，暴行已经成了恶果。我辜负了灰鸽夫妇的信任，致使花猫咬死了它们的独生子女。在完全慌乱、失控的情绪下，我顺手拣起一块石子，从十几米外一扬手，准准地击在花猫的嘴上！这一下是太准太狠了，打得花猫一蹦蹿起老高，扔下鸽子落荒而逃，怪叫着有好几天没回家。

但是小鸽子还是死了。

罪责在我，我用了很多话向父母检讨，求得原谅。然而，我怎么能得到那对灰鸽子的原谅呢？它们咕咕咕咕的叫声，使我黯然低头，产生出一个良知未泯的战争贩子应有的悔恨。

结论：不能小看猫。猫虽然是人温顺的、可爱的奴仆，可它却是老鼠的克星、鸽子和平生活的破坏者。它的兽性一旦发挥出来，本事惊人。

那么，由这样的结论，我们进而还可以生发出一些什么样的联想呢？当然是关于人。在人的社会里，有时那些重要的人物产生了一个念头，就会把木柱架过去，诱发一部分人的兽性；当暴行发生了，他又会顺手拣起一块石头，扔过去，打击这部分人……和我对花猫做的一样。

——节选自《吉木萨尔纪事》

黄蜂筑巢

到了霜降的时候，黄蜂陆续坠落阳台了。一只又一只，总是不断地出现，却又不会大批地同时死亡，有时候扫地，扫帚前面就蠕动着一两只。

秋日的阳光温厚无力地照耀着，像摊开四肢时缓缓输送的血脉。秋的日子将尽，前面似有一堵无力逾越的无形的墙，在秋风的驿马来往传送急件的时候，挡住了那些没有办好移民文件的小生命。

黄蜂的家族里，大部分没有办好移往冬天的手续。在阳台上，我听见一个细嗡嗡的声音说：生活着多么好啊，但是我们，只有一死了。

我听见了这声音，不忍把这只蜂扫进尘土和枯叶里，便用扫帚挑起它，轻轻放到窗台上。它像一个打秋千的小孩一样紧紧抓住扫帚尖，然后落在一片宁静的秋光里。

秋天的阳光罩住这个小小生命，仿佛舞台的灯光罩住一个即将谢幕的芭蕾舞演员。它的翅膀像裙子般垂落，透明地遮住它的小身躯，身躯在阳光下异样的鲜明美丽。

那样的金黄上印着那样的黑纹，仿佛是出自名家之手的套色版画。那金黄应该是晚熟的金皇后玉米颗粒的黄，浸透了阳光的纯金之色，而那黑纹斑，却是无月之夜的浓黑。这两者套印在它的身上，就是夜与昼、生命与死亡、温柔和峻厉、无限与短暂。

它蠕动，欲飞，颤抖，然后停住。仿佛它已经明了生命的期限似的，开始整顿自己。用毛茸茸的两只小手收拾整理自己的触须，像吕布拨弄两根长长的花翎那样，认真而又骄傲。那是两根多么漂亮的触翎啊，它捋着它，一遍又一遍，如同一个清洁的爱美的人儿。

小家伙！

你原来是如此自爱呢！

可是我们原来是怎么认识你的呢？我原来还以为你是个四处寻衅的亡命之徒呢！你的屁股后面总是挂着一支毒箭，随时准备刺向仇敌，我以为你是好斗的。黄蜂尾上的针么，我至今记得童年捅马蜂窝时，几只毛茸茸的小爪子紧紧抠住鼻子上的毛孔，然后狠狠一刺……至今鼻子还大着。

黄蜂就是马蜂，春天时竟在阳台的墙缝里筑了巢，嗡嗡嘤嘤，不时地有起飞和返航，小小的阳台一下成了热闹的空军基地，给一家人造成威胁。如果要想毁掉这个基地和里面的众多“歼击机”也很容易，晚上用一团泥巴糊住墙缝，就全数“闷”死在里面了。但是……何苦呢，毕竟是一些没有攻击过人的小生命，即便是黄蜂，也不忍去荼毒无辜。“到了秋天它们自己就完了。”我说。

从春天到夏天，它们天天从我们的头顶、脸前飞来掠去，人无伤害之心，蜂子也绝不主动攻击，连误会也没发生。相安无事之下，我忽然发现了这些小家伙是非常有灵性、非常善解人意的，它们仿佛看得见你的心里没有存着歹意。

后来，我越看越觉出它们的可爱、团结、忙碌，甚至把观察它们的活动当作了我每天的乐趣。金色蜂群仿佛是阳光锋芒变幻孵化而出的生命，连同那嗡嗡的声音也像是夏日阳光的声音呢……这些一粒一粒的、飞翔的小光芒啊！

再后来，就是寒露、霜降了。

它们挣扎在季节的墙边，坠落在时限的海关前，无限珍惜，异常温柔。它们当中没有一个使用过上天配发给自己的箭。我听见这些陆续坠落阳台的小生命说：生活着多么好啊，但是我们，只有一死了。

明日立冬。明年请务必再来聚会呵，小家伙！

虫子，爬吧

你说虫子算一个什么东西？虫子有什么了不起？有谁能把虫子放在眼里？

可是，虫子在爬着，它在蠕动着、蹦跳着、缓缓飞行或快速移动着……虫子就是这样，它不管你是不是喜欢它，欢迎它，它就出现了。它甚至连看也不看你一眼，自顾自地向着某个方向游移，也不知到底有没有什么正当、合理的目的。

虫子爬得很庄严，很有一点绅士风度，它似乎并不认为自己是这个世界上最渺小、最可怜、最让人轻视的生物，看样子它们并没有意识到这一点（它们缺乏起码的、应有的自我批判意识，它们自我感觉良好）。

特别是它们竟然毫未感觉到另一种伟大的存在正从一米八的高空威严地俯瞰着它们，是好奇的关怀，也是可怕的威胁，它们丝毫没有感觉到，而且连看也没看一眼。自顾自，它们爬着。

有什么好爬的？傻家伙！

两座隆起的丘陵之上，是两根巨大的通天柱，柱上是写字楼；写字楼之上，是个似圆非圆的储水罐，罐上有一对黑白相间的圆球在转动，投射下两束含义不明的光（这两束光的名称叫“眼光”，虫子当然不会晓得）。

虫子没有理会这个庞然大物的存在，它依然在爬，而且似乎比较匆忙，反正它不是去幽会就是去觅食，除此之外没有什么别的好忙——这和我们人类大致没什么两样。也许在它心目中，俯察万类的巨物并不是什么生命，而只是一种风景，一座山峰之类的陪衬而已。此刻在世界上唯有它在活动。它并不觉得自己小，它正在地球上爬，正用它的爪子和腹部紧紧拥抱着地球，地球在转动，它在爬行，有什么理由认为它渺小呢？

各种虫子爬动的时候，那是姿态万方，各显其能的，看起来令人神往，有时候一不小心是可以使人入迷的。总的来看，虫子爬行的各种姿态比人丰富多彩得多了。

蚂蚁显得有点儿匆忙，但也经常有左顾右盼、犹疑彷徨的时候。它是一个坚定的种类，但勤劳坚定如蚁，也难免有“遇歧路而坐叹”，有团团旋转不知何去何从的时刻。所以，看看蚂蚁对我们人类是有启示意义的，因而也就懂了为什么自古就有“走路怕踩死蚂蚁”的人物。

金龟子会飞也会爬，它像一枚自己在地面上移动的小花伞。花伞上有黑斑点，底色深红，这种伞的工艺水平很高，印制雅致，一般出产在苏杭一带。它爬得沉稳，似乎因为它会飞，所以爬得不慌不忙，有闲适派的风格，也难免有一丝炫耀的味道。当然，它是美的，像一轮精致漂亮的图钉。

“图钉”在爬，旁若无人。它的小花伞对它来说是太大了，遮住了全身，只露出碎了的小米粒那般大小的脑袋，还有几根细脚爪。这就使它显得有些“鼠目寸光”了，它看不了多远，只能看到眼前的尺寸之地。可是它仿佛一边爬一边自言自语地说，“我看那么远有什么意思？我很美丽是吧——这就足够了”。

高耸于金龟子上空的俯察万类的那两道“眼光”，此时也不得不承认金龟子的自言自语是对的。尺寸有所长，万丈有所短，小小生物，何必强求都练就鹰的锐目呢？因为金龟子美丽，巨物的脚移开了，没有朝它背上踩下去，“眼光”想，让这枚精致的图钉移动吧，它多可爱。

实际上，在这人造的小花园不算太大的地面上，各式各样的小昆虫也不算少，也许它们把这误认为“自然”了。

灰色的小蚂蚱爬得慢，跳得快，它显得营养不良，像一些灾区儿童，还像“三年自然灾害”时期的农村青少年。零星的灰蚂蚱不时从草丛里弹射出来，划出一个漂亮的弧度，固然是有一些“绝唱”或“最后的华尔兹”的意味了。它们已远不如其祖先那样强健雄劲、遮天蔽日了，就像今天的蒙古人已不复有昔时成吉思汗的赫赫神武。

跳吧，蚂蚱。可怜的、孱弱的蹦跳族的后裔，如今好比孤零寡群……

那么扯着一根线从树枝上突然出现在人脸前的“吊死鬼”呢？它让人讨厌，复又令人哑然失笑。谁教给它这一套鬼把戏的？这个家伙怪模怪样的动作和表情，的确有一种滑稽可笑的样子，它是虫子里的小丑、恶作剧者，也是胆敢向庞然大物的人类挑衅的自不量力之徒。

但它是虫子，你能对它怎么样？捏死它，让人恶心；何况它滑稽，还是绕开些走吧——“吊死鬼”胜利了。

虫子们顽强地在这个世界上爬着，从不气馁，从不灰心；与人共处，与人相争。它们短暂的生存有什么意义呢？何况它们大部分是丑陋的、蠕动的，于人无益让人恶心的，如能灭绝之，似乎对于这个世界也并不见得少了什么；特别是苍蝇、蚊子、蟑螂之类，灭绝之，世界会显得清爽许多。

可是请问谁又能灭绝得了它们呢?

造物主既然造了它，就有它生存的理由，也有它爬动的位置和空间。可是，为什么庞大的、凶猛的、美丽的生物反而纷纷消失灭绝呢?

答曰：因为大。

这时，“眼光”忽然从对虫子的怜悯转而生发出对自身的怜悯，是啊，人类不也是“生年不满百，常怀千岁忧”的么？人类之上，那双俯察芸芸众生的眼光又是谁的呢？在那双眼光里，人不是同样像一些蠕动的、爬行的、蹦跳的虫么？无穷层次的生物组成的链环环相套，一环扣一环，一物克一物，最后，最弱小的反而成了最强大的。恐龙只是体型大的虫子，老虎古人也称为“大虫”，如此，把这些渺小的虫子们放大再放大，说不定，你就又会看到再现的恐龙了。

“缩龙成寸”，斯言信矣。

“眼光”这时也不再自觉为俯察万类的、主宰万物的超生物者了。它降低下来，开始以平等的心去认识、观察它们，它甚至想知道它们在想什么……

在虫子的世界里同样可以遨游。

“虫子，爬吧！”他低下身来温柔地这样轻轻说着。

猫 头 鹰

猫头鹰可以说是飞禽与走兽的巧妙结合。猫的头眼，鹰的翅爪，两样这么一凑，亏它想得出来！

与猫头鹰类似的，还有蝙蝠。它是老鼠异想天开的产物，自然会形成十足的妖魔化丑态。但是能飞，它是做到了。

蝙蝠虽然丑而怪，却因一种牵强附会的谐音被历代中国人视作吉祥物，就像一群受到皇帝宠信的奸佞之徒。这里面有什么深层的文化心理，的确有待研究。与此相反，猫头鹰不仅不丑，且幽默可爱，却被视为不祥之物，虽益鸟而遭拒斥千年。

猫头鹰像个蒙冤受屈的忠臣那样，仍然守着夜、不休止地捕鼠，与其相伴的往往是背后一轮大而惨白的月亮，好像在说“月亮代表我的心”。可是没用，人们还是排斥它，没听说谁把它当宠物。它夜间一声警示性的啼叫，却被人视为不祥和灾难之兆。猫头鹰没办法，端立枝头，凝神屏气，不哀不怨，睁大双眼，它还是坚信：只要我捕鼠，人们会理解。

一千年过去了，又一千年。

终于遇上了一个欣赏猫头鹰的人，他就是鲁迅。他看出在黑暗的时代，猫头鹰象征着对黑暗的诅咒，在不公的社会，猫头鹰代表着对公正的等待。鲁迅自己就是一只猫头鹰，诅咒黑暗，捕杀鼠类，猫头鹰身，锐目利爪。他至死留下的遗言也是猫头鹰式的语言，“让他们去怨恨，我一个也不宽恕！”

这猫头鹰，这《坟》的封面，这棵怪样弯曲的树，都是鲁迅画的，我只是把它们凑在一起了。

笔法多么简练，形象多么生动。

虎 威

尊人有虎威，那是奉承。凡人哪里能有虎之威呢？俗人哪里能有虎之美呢？人，生于市井里巷，长于嘈杂社会，饮不明不白之水，食化肥农药之粮，所遇皆躬身假笑之礼，所谈非清风明月之事，人之俗，乃天下万物之首，人怎么可能有虎威呢？

景阳冈武松曾打虎，百千年来，人们津津乐道，说书的，演戏的，乐此不疲。以为人终于赤手空拳打死了虎，证明人之膂力可以胜于猛虎。其实不然，虎亦有病弱者，以武松之强打病弱之虎，偶然一例，不足夸勇也。

虎，大自然之精神也，大自然精神之完美体现，尽在于虎。它生于自然山林，饮山泉之水，食自然养育之物，以松林为街巷，以日光明月为灯盏，以四季为秩序，澡雪披风，饱卧凝思，独与天地山河相往来。虎之面相，有王者之气；

虎之体魄，有大将之风；虎之斑纹，有天工巧夺、锦绣斑斓之美。见过了虎之大美，再看人，皆不足论。然而虎之死敌，人也。

人虽力不能搏虎，然而人之奇技淫巧，足以杀虎。陷阱、兽夹、弓弩、枪弹，猎虎以自炫，售皮以自富。虎进化几亿年，人猎杀几百年，而今危矣，虎已濒临灭绝之灾！

人有所悔悟，开始养虎。养在笼舍，了无生气；养在假山假水间，面带病容；练习野生放养，那虎，竟连一只瘦弱山羊也不会捕捉了！

失了山林，虎威焉在？离了天然，大美何存？虎威虎美丧失之日，就是大自然破坏殆尽之时。虎是警钟，也是丧钟，“丧钟为谁而鸣”？

丧钟为人类而鸣。

暗夜中的狼

仅仅半个世纪的时间，狼完成了从恐怖分子到无辜者的身份的转变，这简直是一次惊人的历史性转换，其反射出的人类生存巨变对自然界的影响令人猝不及防，情感选择难以定位。

狼曾经是人类最频繁、最长久的噩梦，它多变的战术，行踪诡秘的突袭方式，永难餍足的贪婪和残暴，使其兼具“盗”和“匪”两种特征；狼的行为达到了恐怖活动的顶峰，它对人类心理上的威胁远远超过实际的损失，这正是当今恐怖主义分子梦寐以求而远未达到的效果。

但是狼做到了，一句“狼来了”，儿郎不敢夜啼，妇人不敢夜行。几乎所有的村庄都在狼的监视之下，寒星冷月，枯树荒坟，村庄不堪一击，犬吠徒增惊恐。狼隐藏在暗夜中，它有耐心，有智慧，还有技巧，它等待着百密之一疏，随时准备噬断咽喉。不管是羊的、牛的还是人的咽喉，都是它一跃即中、开刀见血的目标。村庄里每一代人当中都有几个偏头歪脸、缺鼻少目的狼口幸存者，留着恐怖的烙印和证据。

狼和村庄的关系演绎了千万年，狼像野生世界的侦察兵，总是最先侵入人的领域。但是从上世纪中期，情势大变，人的村庄变为城市，人的木棒变为猎枪，狼在人类毫不留情的捕杀之下，岌岌乎危矣！一转眼，狼的神话和传奇破灭了，在囚笼里，它扮演着无辜受害者的角色，神情沮丧，眼神里偶尔闪过冰冷、怨恨的目光。可以看出，狼对人的崇拜与仇恨由来已久。

现在，狼濒临灭绝，狗繁衍旺盛，至少证明着两个结论：一、自由独立生存状态的每况愈下，依附强势集团成了必由之路。二、不仅“上帝死了”，自然也快死了，人类正在扮演上帝，同时正着手制造第二种自然。

在城市的高楼广厦之间，夕阳西下，余晖暗淡，对面十七层楼顶，忽然出现一只狼的身影，逡巡数步，然后蹲踞远望，引颈长嚎……它在呼唤什么？或者，它想告诉世界什么？

虽然只是幻影吧，也能听懂那孤独灵魂的声音。那只狼在说：“人只是两足动物，是动物……不是上帝。”

北极熊

北极熊是一个矛盾集于一身的家伙——一身雪白点了三点黑，黑白矛盾；生活在最冷的北极却经常入水游泳，冷热矛盾；身躯肥大长相憨笨却善于以智谋捕猎，表里矛盾；性情凶猛性格孤僻却十分惹人喜爱，主客观矛盾。

设想一下，生活在极地冰雪严寒世界里北极熊的那种心境，实在让人同情、让人怜爱。它不知道它是一个被流放的政治犯，人家只流放到西伯利亚，它却被流放到了北极；人家虽被流放，总还有个期限，有个盼头，它却是终身的，无期的，子子孙孙乃至永恒的。

谁流放了它？

它到底犯了什么错误？

不知道，一笔糊涂账。

北极熊不算这笔账，它懒得算。相反，它爱上了这海洋和冰川，爱上了这刺骨的严寒，并且给自己赋予了与冰雪相融的毛色。它娶妻生子，繁衍生息，特立独行，俯仰天地。以爬冰卧雪为乐，以入海捕猎为荣。它完全遗忘了它那些别种毛色的同族，什么棕熊、灰熊、黑熊，全忘啦，都不认识。它独创了一个新的种族——北极熊！银光闪闪的、身躯高大俊美的、不受任何寄生虫干扰的、遗世独立如梦幻的、传奇的冰雪帝王或贵族。

北极熊是完美的，它证明一种生命与任何环境相融的可能。它在极限中求平衡，在极限中达到完美。

现在，你如果把它迁移到任何你认为好的地方，热带丛林啦，非洲草原啦，亚洲丘陵啦，纽约、伦敦、上海、深圳啦，我估计它都会说：“这些地方又闹、又乱、又脏，不是我待的地儿！”

它的心留在了北极。

南极的绅士们

北极熊是北极的贵族。

企鹅是南极的绅士。

它们穿着晚礼服。雪白的、刚刚浆洗过的白衬衫上没有一点油污。皮鞋好像稍微大了一点儿，但也无伤大雅。走路是谨慎的，身板挺直，讲究风度和礼仪。如果是一群企鹅行来，秩序井然，一般不会错乱，人家是绅士。

绅士，有板有眼，自我规范；行为举止，不能稍乱；独自一人，不显孤单；入伙成群，不露异端；端庄大方，且行且谈；表里如一，如神似仙；内心丰富，表情简单；出身高贵，三代单传；浴则深海，立则冰川；优哉游哉，南极模范。

在南极，绅士不是一种阶级，而是所有的企鹅，全部都是绅士。这是多么有趣，谁教给它们这种风范？谁遗传给了它们这种品质？然而绅士也有苦难，当贼鸥把小企鹅抢走时，血淋淋的现实肯定给它们以精神重创。只是它的痛苦表现得很节制，有点“节哀顺变”的意思。

向犀牛致敬

“孔武有力”这个词很可能是因为犀牛才产生的，世上没有哪种动物比它更符合这个词。狮子老虎有力，但那是凶猛；大象野牛有力，但那是壮硕。有力而又孔武者，唯犀牛而已。

犀牛是一种武装以牙齿的草食动物，它好像爱好或是信仰“武士道”，它的外表给人以尚武的、凶蛮的、充满攻击性的威吓，本质上却是一个和平主义者。它的外表和实质是完全矛盾的，但它的假象已弄假成真。

它全身披着厚甲，只留下关节活动的接缝处，壁垒森严，无懈可击。它是防守的典范和大师，但它不仅仅止于防守，它把一柄利剑擎在鼻端，对任何猛兽足以致命，格杀勿论。它显然知道那句名言：如果不能具备致命的攻击，任何防守都不是严密的。

它矮壮、紧凑，四条短腿像是四根粗壮的石柱，支撑着吨位足够的身躯，身躯里蓄满惊人的力量。它的眼睛长得太低，看起来不怀好意。这是一位古代武士，一望而知来自远古的年代，当这个素食主义者把自己打扮成这副模样的时候，我们知道，它的进化成功了。它不吃任何人，但谁也别想吃它，它已经生活在自由王国，可是它的种族却并不繁盛。

我们不知道犀牛怕什么，雄狮猛虎这些掠食动物害怕一旦伤残老迈捕捉不到猎物就会饿死，角马羚羊则时刻处于被袭击捕食的危境，犀牛怕什么？只要大地还长草，它就所向无敌。

所以应该向犀牛致敬，它的生存技巧虽然有点滑稽却十分管用，它甚至超越了食物链的规律，成为兽中之神。它唯一的失误之处，就是没想到地球上会有人类，人看中了它鼻子上的角，把它的武器当作自己的良药，必欲取之。从这时候起，犀牛开始倒霉了。

但是人类还是对它表示了足够的敬意，那就是把它铸成青铜像，放在宫廷里，镇妖驱邪。

阳光容器

阳光从清冽、蔚蓝的天空中泼洒下来的时候，仿佛是被一个透彻的、空明而又高贵的容器过滤了。它看起来还是那样炽烈，那样明晃晃的，和所有正午的阳光一样炫目，但它其实已经不再灼烫闷人了。它从高空垂落下来，光芒四溅，游动跳跃，从这朵花转瞬蹿到那朵花，从这片草丛倏忽掠向那片草丛，依然可人和煦，但带着清新可爱的滋味，像一团充盈在天地之间的光芒的水流。

草原塌陷或隆起在一些山岗旁边，线条流畅自然地结合着，宛如床和枕头的关系。

远些的背景上，裸露出白岩石的山壁峻峭地雕刻出一些模糊粗犷的脸型，奇特地、一动不动地盯视着草原，表情怪异。

再远，钢蓝色的山体便从浓艳的绿野中分离出来，组合成天边的一列坚硬而又披挂了深雪的高大尖顶营帐；它总能被人一眼望见，却让人总也走不近它们。这些耸立天庭的雪峰和草原浓艳的夏天离得似乎是太近了，近得令人不敢相信，这就使这些巨大的实体看起来很像是假的。纯钢一般湛蓝的山体，耸峙并插进蓝得宁静明洁的天空。两种蓝，高度和谐而又截然不同，你无法说清这两种质地的蓝是怎样在空间里被鲜明区分的。

阳光正是从这样一种蓝得发亮的容器中倾泻下来，恣意地溅洒在草地上，饱满充沛，看样子不像是能够枯竭、不会有光芒泻尽的日子。

这些光芒的瀑雨无声地向下降落，无声而缓慢，均匀而有力，一俟接触地面，触碰到白的岩石和各种颜色的明媚的野花，便会在花瓣的光彩上惊跳起来，反弹并四处迸溅，光芒像是撞碎散开的水珠，向各个方向惊跳，划出优美的弧度，纠缠、交织，在宁静无人的夏季牧场上织出一片炫目的、灿烂的光芒彩雨。这奢华的、浪费的阳光，正独自毫无目的地倾泻着，仅仅是为了漫无边际的茂盛的牧草繁荣滋长。

牧草长深了。滩上或山坡上的草已经没过了足踝，偶然有些地方裸露出小块未被草植遮盖的地皮，好像是大自然的随意和疏漏；山岗顶上的牧场正透着阴凉之气，草长得更深厚，已经可以陷没人的膝盖。

草原这时是一位画家，但只是画家而并不同时又是音乐家。它在这块大画布上涂抹油彩的时候，是非常愿意宁静的，在它色块汹涌奔流的空间里，任何细微的声响都能成为注意的中心。光斑在花朵上弹射、迸溅，却在草色深浅中被吸收，被融入，阳光渗入绿色的时候就好像水珠渗入厚壤那么容易。

有时候蓦然间会从天空中跌落下来一两只黄鸭，嘎嘎地大叫着，扑喇喇扇动着两张短翅膀。从蓝色晴空的说不清哪处缝隙间跌落下来，嘎嘎的大叫声和翅膀的扑扇声回荡震颤在原野山岗上，惊天动地，使人惊奇那么小的生物何以竟会发出如此之大的声响。黄鸭很像一个笨重、金黄的傻瓜，不慎从云朵上一脚踏空，划着弧度栽落下来，穿过光芒交织的彩雨，直向下跌，它嘎嘎的怪叫声仿佛是在大喊“救命”。结果，它一着地，就摇摆着屁股跌跌撞撞地走进草丛里不见了，虚惊一场。

还有时候，会有三五只天鹅像一组大型客机在草滩上降落。它们不大怪叫，只是平稳地飞行着，渐渐降低，互相仿佛商量了一下，然后沿着一条看不见的斜度轻盈而下，保持着飞行距离，着陆；它们像银子铸就的一般，把自己优美的身体合适地放在碧绿草毯的陪衬之中。

然而这一切并不会引起草原的格外注意。它仍然宁静，光芒炫目或者因一朵云影的移动而暗转阴凉。

山岗在远处盘绕着。

几匹像是失散的无家可归的马，悠闲地甩着长尾——尾巴上粘着刺球、草秆——驱赶蚊蝇。它们谁也不搭理谁，谁也不想独自走得太远，就那么吃着草，偶或扬起长鬃披散的颈子来怅望一下远方，像一伙子离家出走有些后悔但又想不起家来的流浪汉。

山岗依然在远处盘绕着，没有移动。

草的生机使它毛茸茸的、湿漉漉的，像是伏卧在那里的蜗牛，很久很久，它都没有动一下。巩乃斯河流得非常平静，随着地势的起伏偶尔闪露出一段水流，光芒并不耀目。它的拐弯处或平阔处长满了大片的芦苇，遮掩着它，使它像一个藏而不露、很有心计的动物。

离河不远的略微高起的坡地上，正露出一排土房子。

秋风的手

何其美妙的时刻，

何其准确的手！

那是秋风游荡的时刻，

那是秋风的手……

立冬之前，秋风游荡着，匆匆赶往每一棵树，就像是一个摘棉花的农妇，急着去摘掉最后的叶片，仿佛她要是不摘干净，冬天就会埋怨她怠惰。

她是那种手脚利索但是性子有些急躁的农妇，她一点儿也不衰老，相反，她的精力总是显得非常充沛。她应该大约有三十岁多一点，还应该是一个北方农妇（河北?），她的手指掠过丛林叶片，叶片纷纷飘落。

这时，大地上的一切成熟事物的芬芳正在天地间浓郁地弥漫着，闻起来像是秋天肉体散发出的气息，正像是那农妇身上的气味，非常健康，非常饱满，夸示着无穷无尽的生育力，但是也含着这位厉害女人的一股凉意。

秋风这个女人啊，有多么好啊。

对每一棵树，她都采取有枣没枣打三竿的北方式做法，泼辣得近乎粗暴；但是对于独悬空枝的某些金叶，她却表现出细腻啊、顽皮啊的态度，她有足够的耐心和丰富的感情，手指轻盈极了，似有无限留恋。她轻轻弹拨着那叶片，似乎舍不得让它坠落，但她无意间叹一口气时，叶片落了。

繁华一季，终归于凋谢。

那个美农妇的手指间并不含有一丝伤感，她自己不懂得什么悲凉。一切都是自然的、准确的，一切都恰到好处，包括凋谢和败落，都是至美至善。

一切的一切在于，真正是繁华过了。

此刻，千“金”散尽，夫何如哉！

何其美妙的时刻，

何其准确的手！

那是秋风游荡的时刻，

那是秋风的手……

铜月亮

何苦如此奔波来？

秦直道在山顶上，蒙恬墓在校园中。有始无终的始皇帝连儿子也没保住，公子扶苏的墓边有一只脆弱的小狗汪汪地叫着。羌村呢，那里的乡民并不知道杜工部，学者们也释不清“畏我复却去”。一切都显得荒诞，显得靠不住。

驱车在长城一侧的国道上赶路的时候，天光在远山顶上一颤，就缩得不见了。西北方的天亮得比别处慢，黑起来却很快，连光阴也比南方短暂呵。

黝黑的城堞上，渐渐滴出一滴烧红的铜汁，填充在凹墙里。金红透亮，钢水似的散发着炽烈的光辉。滴在城堞上，似乎要流下去，只因为浓稠和渐渐冷却，粘在凹墙中。

那一滴慢慢扩充，填满了凹墙。它是那样一种优质的纯铜的红黄，色泽异常辉煌明亮，却不耀眼，是铜锣久经擦拭后的那种沉静的光芒，含着古青铜器的优雅的锈绿，在白热的熔炼时，附在表层一些淡色的杂质。

“月亮!”有人指着喊。

他要不喊，没准儿有人以为炼钢厂把钢水浇错了地方呢。多么不像月亮啊，那么一滴，金黄透亮的溶液，岩浆似的，钟乳石似的，流动在墙凹的容器里。

眼看着它就在动，填满、溢出，仿佛在一个看不见的轮廓里流溢，看着就要流过头了，就要造成残缺了，就不可能填充得圆满了，不料它巧妙，在露呈轮廓的一刹那，一笔补救成浑然、天造的完美。

在城墙上露出半轮的时候，就认出是月亮了。但它既不是一钩斜挂，也不是天上一轮才捧出的皎洁，而是像一枚出土在长城堞墙上的红铜古钱，烧红熔化了，渐渐在冷却。然后，它嵌在了凹墙里。

它嵌在今夜的凹墙里，不像通常我们认识的月亮，而像一枚古币，开元通宝，五铢钱，像长城的城徽，也像历史的纹章。最后，它全部升起来，悬垂城上，晚照似的满脸努力挣脱诞生的红光。这红光渐渐被周围的天空吸收，使它冷却，还原为青铜古币，皈依沉静了。

长城外，

古道边，

荒草碧连天……

一支歌子的意境里，车灯不知在什么时候早已打开了，松散的灰白光束迟疑地，在古道上寻找什么……

令箭荷花

赏花是寂寞者的雅趣。

我说的“赏花”是欣赏、领会自己种的花，而不是在公园里或花市上，那是另一种赏，是纯粹的欣赏，我说的雅趣是领会和深解。只有欣赏自己养的花的人，才是寂寞者；只有寂寞者，才能在养花的过程中理解花。

开花的过程本身就是寂寞的。一花灿然怒放，不知需多久时间的积蓄、成长、酝酿、准备，这期间就是寂寞。花开得越容易、越经常，其花往往碎小；反之，就可能大而奇。一朵奇葩的绽开，是以漫长的沉默为代价的。

我不善养花，但是当我的那盆令箭荷花绽开嫣红的两大朵时，也不禁为之震动。记得几年前的某夏盛开过一些，之后便寂然。现当深秋季节，落叶满阶红不扫，它含苞许久，经寒难舒；搬进室内窗台后，适放暖气，竟开了。

下午的秋阳透过窗玻璃，正罩住它。温暖金黄的光束，仿佛舞台上的灯光笼住芭蕾的舞者，旋转、宁静、舒畅。在阳光透射下，令箭的长叶通体透明，可以看见顺着筋脉的一股暗红的力量直达花梗，输送着一盆土壤的劲道。那花，红成一种猩红，大张的花口里吐出丝绦般的一股金色花蕊，充满了生命的夸耀和欲望。

茶杯一般大小的两朵花，后面托着毛茸茸的粗壮的柄，联结着长叶，贯通着叶脉中的一股暗红的力。不可思议的是，这植物是从哪儿吮吸了这么鲜丽、丰厚的色彩！土壤？阳光？还是水？它把自己的繁殖打扮得如此豪华夺目，在色彩和造型上，胜过了天下的画家。

它太会浓墨重彩了，这些大师。

它从普普通通的事物中，提炼并创造了自己独有的作品，生命力使它与众不同。它开过了，瞬间辉煌，一时灿烂，拼尽全力，尽美方谢，它美过了。

这就是生命。纵使是无语的植物草木，寂寞一季也要赢得一个美得透彻，哪管最终落叶残英。何况人呢？人而不欲美，劣种人也。

四 种 树

绿洲白杨

有绿洲必有白杨，白杨似乎是绿洲的指示牌。“高高的白杨哎排成行，美丽的白云在飞翔。”这是王洛宾唱过的白杨。还有沈雁冰写过的《白杨礼赞》，那是一篇妙文，写出了新疆白杨独具的品格。

它是团结的象征。

在它笔直的主干上，所有的枝条紧密围绕，纷纷向上，绝无一枝旁逸斜出。它紧密围绕主干的目的，是为了抵御风沙，它懂得，不团结就不能生存。

它只能横站成排，像临阵的士兵；竖立成行，像出征的队伍；树干挺直，像伟岸的勇士；枝臂收拢，像欲飞的大鹰。

它没有办法去“疏影横斜”呀，因为绿洲是危地；它没有条件去“暗香浮动”，因为风沙常袭来。

在沙漠的边缘，绿洲是这样一种存在：它脆如花蕾，薄如蝉翼，美如梦幻，坚如围城。

围绕并保护它的，就是白杨。白杨如不具备这种团结向上的品格，行吗？

有白杨才有绿洲。

戈壁红柳

在植物的族谱上，红柳的确是太不名贵。它是既不名，也不贵，地道的草根一族。草木中的最普通、最低微的劳动者。

然而所谓的“名”和“贵”是植物原有的吗？不是，是人类社会根据自己的判断制定的。“名”“贵”是人眼里的，不是自然本色。

但是红柳却是奉献精神的实证。

你看，在草不能绿的戈壁，它生根；在花不肯开的戈壁，它成长。它不祈求雨，也不巴结风，它相信自己的适应性和坚韧性。红柳简直可以称得上是一个伟大的无神论者，它说：“从来就没有什么神仙皇帝，一切全靠我们自己！”

正是这样，在茫茫戈壁，红柳与风较量，狂风把一团红柳连根拔起，吹得团团旋转，像一只满地乱滚的刺猬。后来风停了，红柳落在哪里，就在哪里重新扎下根。它等待一场雨。

不管多久，只需一阵雨，红柳就能长成一头骆驼！多么高大，多么漂亮，这是红柳吗？没错，正是它，一棵，两棵，一万棵，一百万棵，正是它们把戈壁变成了绿色海洋。

当它死了，人们挖出了它的根——巨蟒一般深深扎入土地的深褐色块茎，非常结实，非常耐烧，人们看到了它的骨头。

它用自己的骨头在戈壁上写下了格言：地球上没有应该遗弃的地方，只有可能被淘汰的物种。

天山雪松

“一池浓墨盛砚底，万木长毫挺笔端”，这是郭沫若先生当年留在天池的诗句，以小喻大，以近喻远，诗之技法。

天山雪松确实是高大的，遮天蔽日，苍茫无际。只有它，配得上绵亘一千六百公里的大天山。然而它也只能是天山身上的丛丛汗毛。

雪松是高贵化身。生在山的怀抱，长在雪的沿线，看哪，挺拔，傲岸，雄健，有型！这些群峰间的美男子，风雪中的伟丈夫，站得高，所以挺拔；境界大，所以壮美。

远离了尘世，但并非为了当隐士。隐士是孤独的，而雪松却是站满峡谷阴坡，如同列阵待命出击的长矛骑兵。在山谷间，它们聆听着风和脚步，有献身精神，不时为尘世输送上好的木材。

冬日大雪之下，雪松银装素裹，连睫毛上都挑着雪花。这时候，那才叫庄严肃穆，仿佛这些高大的骑士一瞬间变成了沉思的哲人。静静地，没有一丝风，一声不小心的咳嗽，都可能引发雪崩。

它们在思考什么？这些伟岸的思想家。思想在雪线上应该更纯净，更浑远，更包容。

它是不是应该成为一种表率呢？是不是应该成为未来这块地域上人的典范呢？新疆人应该长成雪松那样才好。

沙漠胡杨

从某种视觉效果上看，沙漠和大海差别不大——都一望无际，都波浪起伏，如此，在沙漠之海上，那些密如进港船桅的，是它们；还有那倾斜如将欲沉没的船只的，也是它们。

胡杨胡杨，宇宙洪荒；

胡杨胡杨，千古流芳。

它就住在“死亡之海”里，结果奇怪的是，它比谁都活得久长。可以说它是在死亡的怀抱里获得了永生，这真是一个伟大的逻辑。

这些大片的胡杨正在这块无人问津的荒原上空度岁月，纵有千姿百态，无人观赏。时光的足迹留在它们身上，不少高大的胡杨中心已成空洞，但伸展向四方的枝叶依然绿意蓬勃。

它死了，它活着。

在它一身之上也许叠合了祖孙数十代，数百代，上一代的尸体就成了下一代的土壤。它这样延续，它这样存在，它这样与漫长的时间对抗，以求不朽。

终于，人们认识了它，仿佛重新认识了生命的刻度。它在时间里的刻度是这样："活一千年，死而不倒一千年，倒而不朽一千年。"

2010年7月5日

麦　子

我想说，亲爱的麦子。

我想，对这种优良的植物应该这么称呼，这并不显得过分，也不显得轻浮。

我而且还想，对它，对这种呈颗粒状的，宛如掉在土壤里并沾满了土末儿的汗珠般的东西，人类平时的态度是不是有些过于轻视和随便了呢？

它很美。尤其是它的颗粒，有一种土壤般朴素柔和不事喧哗的质地和本色。它从土壤里生长出来，依旧保持了土壤的颜色，不刺目，不耀眼，却改变了土壤的味道。这就使它带有了土地的精华的含义。特别是它还保持着耕种者的汗珠的形状，这就像是大自然给予我们的某种提醒、某种警喻，仿佛它不是自己种子的果实，而是汗珠滴入土壤后的成熟。

这一切使它更美。麦子，它是如此的平凡，然而却是由天、地、人三者合作创造的精品。它使我们想到天空的阳光和雨水，想到土地默默的积蓄和消耗，想到人的挥动着的肢体……所以有的民族在饭桌上面对面包时，会产生感恩的心情，感激这种赐予。所以还有的民族把麦穗作为了族徽，以表示某种崇信和图腾。麦子，它还可以使我们毫不费力地想到镰刀、饥馑、战争、死亡等之类最关乎人类生存的问题，但是面粉不容易使人想到这些。这就是麦子掩藏在朴素后面的那种深刻的美。

我是一个热爱粮食的人。因此，我非常乐意在春天的吉木萨尔翻弄麦子。我们住的地方没有面粉厂，也没有粮店，庄户人只能分到麦子，到一个河上的磨坊去磨成面粉。

连续几天，我和父亲把一麻袋麦子倒进院里架起的一个木槽里，然后倒水冲洗。我们选的是阳光非常明媚的日子，也没有风。晶亮晶亮的水珠儿闪着光芒，渗进麦粒中间，慢慢升起一股淡薄的尘雾；有一点呛人，仿佛使人闻见去年的土地散发出的温热。然后再倒水，搅拌、冲洗，直到一颗颗麦粒被洗出它本来的那种浅褐色的质朴，透出一股琥珀色的圆满的忧伤。然后晾晒几天，再装入麻袋。

我看得出来，麦子的色泽里含有一种忧伤的意味，一种成熟的物质所带有的哲学式的忧伤。这种忧伤和它的圆满形态、浅褐色泽浑然和谐。与生俱来而又无从表述，毫不自知而又一目了然。正是这，使它优美。

于是有一天，我们起得绝早。我们向邻居借来了一头驴和一辆架子车——这像是农户人家的一个重大行动似的，很早，我们就把装麦子的麻袋搬上驴车，朝磨坊去了。

我和父亲坐在车上。我驾驭驴车的才能无师自通。我很想驱使那匹毛驴奔驰一番，以驱散田野小路上的那种寒冷的寂静；然而父亲不允许，他害怕“把人家的驴累坏了”。磨坊相当远，农村的早晨也相当漫长，我们的驴车仿佛慢吞吞地走进了一个久远的童话故事。驴将突然开口说话，告诉我们它原来是一个公主，被磨坊的巫婆变成了驴，只有从遥远的城市来的勇士才能破那妖术，它就会还原成人。于是沿着这思路幻想下去，满满两麻袋麦子会在公主手的点化下成为金子，一切都很圆满和快乐……在农村天色微明的田野上，一切景致和氛围都酷似原始的童话或民间故事。只是驴低垂着头，丝毫不准备回过头来对我们说话。

当时，我突然觉得我和父亲像是两只松鼠，或是连松鼠也不如的什么鼠类，正运载着辛苦了一年收集来的谷物，准备过冬。我们所如此重视的两麻袋麦子，其实正相当于老鼠收集在洞里的谷物。我感到了滑稽，有点哭笑不得，人一旦还原到这种状态时，生存的形象就分外像各种动物了。

这就是我们的麦子，一粒一粒的，从田亩中收集回来的养命之物。颗粒很小，每一粒都不够塞牙缝儿的；但是我们就是靠着这样一些小颗粒，维持生命，麦子支撑地球上庞大众多的人群发明、创造、争斗、屠杀、繁衍、爱憎……不管人类已经进化到了何种程度，还在吃麦子——这就够了，这就足以说明人类依然没有摆脱上帝的制约，依然是生存在地球上的无数种类生物中的一种，而不是神。

被小小的麦粒制约着的伟大物种啊！

假如有一天，大地突然不再生长出麦子，那该怎么办？这虽然是杞人忧天，却并非毫不可能，因为我这种年龄的人经历过一次大饥馑。我因此而懂得，源源不断的粮店会突然没有面粉，母亲会对没有吃饱的儿子说“少吃一点”，乞吃者会骤然间遍布城市的各个角落，人们会为了一个大饼而去抢劫……这就是麦子的威力和制约，在这个意义上，麦子就代表了上帝。

磨坊终于到了。

磨坊里没有巫婆，有一个老头。磨坊是那种最古老的中世纪式的，靠河水带动，在轰隆轰隆的沉重响声中摇摇晃晃，像一排老人的牙齿，已很松动。这是一座架在河上的木头磨坊，里边大概除了碾子，好像其余的全是用木头制成的。木杆、木柄、木轮，因年久而被磨得光滑油亮，渗着乌黑的手渍。和看管它的这位老头酷似，它俩都一样是年久失修的、松动勤勉的、喉咙里呼噜呼噜带响的。

我们的麦子就倒进这令人可疑的陈旧作坊里，缓慢迟重地在这生活的水磨上被磨损，被咀嚼，被粉化。我想着那一颗颗麦粒被压扁、挤裂、磨碎时的样子，想着它们渐渐麻木、任其蹂躏的状态，有一丝呻吟和不堪其痛的磨难从胸膛里升起，传染给我的四肢，我真真实实地感到了我和它们一样……和这些麦子一样，我正在一座类似的生活的水磨上，被一点一点地慢吞吞地，磨损着。

然而水磨却在唱着一支轰隆轰隆的雄壮的歌，用它松动的牙齿、哮喘的喉咙，唱着一支含混不清、年代久远的所谓进行曲……这就是我们每一粒麦子的命运。

我就是麦子。

我正面临着古老民间故事一般的现实。

我芬芳的、新鲜的肉体正挤在历史和现实两块又圆又平的大石盘间，在它们沉重浑浊的歌声中，被粉化。

我欲哭无泪，欲喊无声。

因为我就是泪水和汗珠平凡的凝聚物——麦子。我将一代代地生长，被割掉；成熟，被粉化；被制成各种精美的食品，被吃掉；然后再生长。

这一切都是因为我没有感觉，没有思想。我是圆的，颗粒状的，人们把我叫作“麦子”。只有一个诗人这样称呼我，他说：

“亲爱的麦子。”

——节选自《吉木萨尔纪事》

大树和我们的生活

我们不但是今天生活在这块土地上，而且过去生活在，并且还要永远生活在那里，在整体之中。

——列夫·托尔斯泰

如果你的生活中周围没有伟人、高贵的人和有智慧的人怎么办？请不要变得麻木，不要随波逐流，不要放弃向生活学习的机会。因为至少在你生活的周围还有树——特别是大树，它会教会你许多东西。一棵大树，那就是人的亲人和老师，而且也可以毫不夸张地说，它就是伟大、高贵和智慧。

更早发现这一点的，是托尔斯泰。他在《战争与和平》这部巨著中，有一段保尔康斯基公爵与老橡树的对话，就体现了树的生命对人的生命所产生的不可忽视的影响。再早些，中国历史上也有人流露过这种意思，叫作“树犹如此，人何以堪”。这证明，树的生命比人的生命更长久，从“阅世”的意义上看，人是比不过树的。所以，你若是到十三陵，看到周围静立在那里的松柏，尤其是看到那种虎踞龙盘的老柏，会不由得生出某种敬畏和感激——有什么办法，帝王们全都死了，它们却依然活着，默默地、居高临下地看着人间的兴衰更迭、生死荣辱。在某种意义上，它们就是历史，它们就是帝王。

我甚至觉得没有什么哲学比一棵不朽的千年老树给人的启示和教益更多。同样是生命，树以静以不言而寿，它让自己扎根大地（根据地）并伸出枝叶去拥抱天空，尽得天地风云之气。相比之下，人愚蠢而又浅薄，人一生都在说话，声嘶力竭，奔走呼号。没有人肯静下来想一想，没有人想到向树学习点什么，在人的心目中，树是傻瓜。那么在树的心目中人是什么东西呢？不清楚。能够清楚的是，树的存在为人们贡献了自己的全部，从枝叶到花果根干，却也从未向人们索取过什么。许多家畜供人驱使食用，但同时也靠人喂养照料。树本来是用不着人养的，它在大自然中活得好好的，姿态优美，出神入化。那些绝崖石缝中斜逸而出的美松树是靠人养活栽种的吗？谁敢到那种险处去呢？树甚至连恳求人们不要砍伐它的意思都不曾流露——那是锯子在尖叫而不是树在尖叫。

等到大树被伐倒了，人们看到了它的心——年轮，一圈一圈，岁月的波纹荡漾，生命的记忆永存。这时候，略有悟性和良知的人就全明白了：树绝不是麻木的，而恰恰是有灵有智的。它虽不语不行，心里面却比谁都清楚。它与山河大地、飞禽走兽、风云雨雪雷电雾的关系，比人更深入、更和谐。它是处理这些复杂关系的大师。

它不靠捕杀谁、猎获谁而生存，但它活得最长久。这可真不是一件简单的事儿，它连草也不吃，连一只小虫子的肉也不吃，但它却能长得最高大、最粗壮、最漂亮。这才是奇迹呢，树不用吃饭。真正有生命活力的大树全都已经与天地风云融为一体了，它与山河共呼吸，取万物之精气，反过来又养育万物；得日月之灵华，结果又陪衬日月。若是说什么气功，树才是真懂气功的大师。要说什么“天人合一”，人类不过从树那儿学了一点皮毛。

我在塔克拉玛干边缘的墨玉县见到过一棵八百年的梧桐树王，那样干旱的沙漠边缘，它得有多么大的修行才能活过来呀？何况它不仅活着，而且枝叶繁茂，生机勃勃，它像一个巨人一样健康地屹立着，襟怀博大，人和梯子在它脚下显得极其可笑。

它的王者风范不是靠什么前呼后拥的虚势造成的，它靠它的阅历、它的顽强生命力、它的光辉的生命形态，使人望之而生敬仰之心、爱慕之情，使人认识到伟大、高贵、智慧这些词语从人类头脑中产生时的本意。

我还见到过五百年高龄的无花果王，这件事我也在《和田行吟》一文中描述过。它占地数亩，落地的无花果使它周围散发着甜腻的腐败和幽深的清香，它的枝干如同无数巨蟒纠缠盘绕、四处爬伸。它达到了它这种植物的极致，造就成、编织成一座自己的宫殿。

但是树和人一样，同样有各式各样的苦难伴随，除了被砍伐之外，还有各种艰难。在天山南麓温暖干燥的农村，白杨是路边、渠旁、屋后、田畔常栽的树，它绿叶飒飒直耸高天。可是有一年冬天，南疆奇冷，这些适应了温暖干燥气候的白杨经历了打击。有些已经非常粗壮、高大的白杨被生生从中间冻出一条裂缝，裂缝一指宽，从树这边透过裂缝可以一眼看到那边的农田。

还有一年八月北疆下大雨，下着下着，变成了大雪。大雪里饱含水汽，落在仍然枝叶翠绿茂密的树上，雪积了很厚、很重的银冠。第二天阳光一照，十分奇丽壮观。但是不少树承受不了了，枝丫被压得劈开。银雪、绿叶之下，被劈折后露出的白生生的枝丫内质，望过去就像人的白骨被折断后的模样，一样的惊心动魄。树无声，可是你完全可以感同身受它骨折的疼痛。

一棵树在漫长的成长过程中，会遇到各种大大小小的灾难，但它要是都挺过去了，经历了时间的考验，它就会成为一棵大树。这样的大树会引起人们特殊的敬意。比如在哈密，就有一些幸存下来的百年老柳树。它们的形态确实不同凡响，一看就知道，是有特殊生命力和特殊经历的树。它们身上都有编号挂牌，就像勋章一样，代表着特殊的荣誉。这些柳树就是大名鼎鼎的“左公柳”——左宗棠平阿古柏后沿途栽下的柳树。可是当年“新栽杨柳三千里”，能活到今天的，已经只有这些了。

你细细端详这些巨大的柳树，会从它们每一棵树的神态雄姿上，找到左宗棠的神韵，一派大人物风范。我当时就颇觉疑惑，心想，难道树也会遗传栽树人的风貌吗？要是果然如此，那树就是通神通灵的生物了。

看来我们对它们了解得还远远不够。

1999年6月30日

第二辑：梦寥廓

真正的寥廓啊，无言的大块啊，阳春允我以烟景，大块假我以文章。或有一鹰独旋，隐约在天，疑是断线风筝；或有三五峰驼，散立荒野，悠然而且傲慢，根本不把人间几个世纪放在眼里。

——《梦寥廓》

赶巴扎的日子，如同置身古西域人物的历史长廊中。

——《赶巴扎》

梦寥廓

——在北疆的一次短暂漫游

明媚处

冬天运行到了最后一节，就像轮盘缓缓减慢转速，停到了明媚处。

智慧绝顶的农历节气对于长城以外的广阔天地似乎不够精确了，三月惊蛰，四月谷雨，五月立夏，而实际上呢？——三月是德军全面收缩退回欧洲战场，俄罗斯解围，欧洲却成了寒冷集中的地方；四月是一场拉锯战，乍暖还寒，阴晴无定，人们的衣袍还不敢赌定在哪一个方向上；五月正是春天从农村包围城市的计划有待实施的时候，三五株早开的桃花宛似过早暴露身份的女间谍那样引人注目，一行初绿的杨柳也像提前举起欢迎标语的内应人员。

冬天长时间的军事管制，使人变得懵懵懂懂，迟钝、生疏，疑虑丛生，像是一些初出洞穴的生物，眩惑于春天的可能性，甚至对春天有一些不适应。

最后一场五月的大雪被迅速地融化，还引起了一部分人的伤感和留恋，看来告别冬天同样是一件牵动肝肠的事情。

然而天山的两侧都苏醒了，就像高峻的鼻梁两旁一先一后睁开的两只眼睛。

鼻梁是漂亮的，两只眼睛也都非常漂亮，睫毛开始忽闪，一湖一湖的深碧之水代替了厚厚的冰层，大地的肌肤透出淡绿与鹅黄，一切生命涌动着，扑扇着准备行动。

春天是一个梦，春天是一个所有的生命共同经历过的美梦，绚丽迷狂，寥廓轻飘，稍不留神就无影无踪了，而且没有什么地方可以寻找到。

那么现在我为什么不能到春天驻扎的野外营寨里去呢？到赛里木湖和艾比湖之间的地方去吧，去转转，我估计春天经常会去那里饮水。

一展平

实际上戈壁有时候也是很美的，而且戈壁美是新疆之美的一个组成部分。人们为什么总要在这种美面前发出哀叹呢？尤其是内地或南方来的“散文人”，他们总是要在戈壁面前显示一番自己高贵的怜悯，仿佛只有见到戈壁，他们才能愈发体会到自己的幸运。

他们不能理解戈壁，这说明认识大美也需要力量——这力量包括认同苦难的勇气，也包括理解大美的能力。“大漠孤烟直，长河落日圆”是大美，“白日依山尽，黄河入海流”也是大美，这些名句之所以长留世间，正是因为大部分人对美的认识仅仅停留在本能的、对一个女人脸蛋是否合乎尺寸的水平上。

戈壁不是脸蛋儿，而是大景观。

是谁把一块半成品的生铁遗失在这里了？而且是这样大的一块生铁——一直铺展到天边，不见边际；特别是它表面上那么粗糙，整体上却那么平展，显出被故意制作成的样子。它整个儿就像一句诗摆在那里，摆在天空底下，只是一句，没有第二句。那诗就是“九州生铁铸大错”。

怎么错的？不知道。

错在哪里？也不知道。

就知道天大地大没有咱戈壁的阵势大，河深海深不如咱戈壁的纵深深，就知道大错也就错成了一种美，胸襟壮阔、坦荡无涯，固执的极限，容纳之大器。

行车戈壁，千里一色；驶出城郭，方才见到天地真面目。这时候怎能不感到戈壁的大美呢？真正的寥廓啊，无言的大块啊，阳春允我以烟景，大块假我以文章。或有一鹰独旋，隐约在天，疑是断线风筝；或有三五峰驼，散立荒野，悠然而且傲慢，根本不把人间几个世纪放在眼里。

骆驼的固执傲慢能对现代文明有什么影响呢？没有。可是现代文明又能对骆驼的天性有什么影响呢？可能也没有，人类无法把骆驼改造成篮球明星！许多事物、许多生命之间的关系正是这样的，自在共存而又隔离的，老鹰也是一样，它飞翔，有可能有一天灭绝，但你无法把它改造成谍报人员。

高天阔地在猛一瞬间给撞进它手心的人以一种警撼，一种提升，一种精神上的大享受！当然久了会是单调和寂寞。但是将近一天的行程并不让人厌倦，它表面单调，实则含义无穷，变幻莫测，你要用心去看，你心里有多少名堂就能从这里看出多少名堂。

傍晚时分，大戈壁上的风云有了阴沉之色。长云暗雪山，狭长而有力的暮云低垂如帷布，直从雪峰头顶铺垂下来，横列天边；而且风势似乎也随之有了，撼动远方的树、近处的草，仿佛含有战争前的肃杀。

临近公路的戈壁上，迎面疾行过一大片羊群，宛如大群的效命沙场的起义农民，一语不发，低头疾进。

云势和风势就在它们头顶上，而戈壁如铁，茫无边际，大片的羊群如同奔赴什么目标的效命者，一律低头疾走，像是迅速移动着的散兵线，整体推进着。谁也没有想到羊的跋涉是这样的一种肃穆，没有叫声，毫不慌乱，整体中蕴含着紧张的秩序……仿佛天空中的暗云与戈壁上的暗云正在交错对流！

半分钟不到，车窗外的一大片衣衫褴褛的羊群部队顶风远去，茫茫戈壁，恢复平静，只有天空，长云犹在。

再看那天山北麓的一片大地，极目天边，坦平无碍，仿佛一片闪烁着砾石暗光的大练兵场——真正是个“一展平”。

衔木者

车子缓缓停在我这位朋友家的庭院前时，令我大吃一惊。继而我大笑起来，“哈哈！你把一片‘猛恶林子’搬到分区政委院里来啦呀！”

朋友笑着，颇有自豪之色。

天光已暗，一幢平房住宅的庭院里，黑乎乎地矗立起各式各样的怪木，有的高达三四米，有的须两人联手环抱，古木朽态，竟摆满了院内，有几十尊之众。

及至进到屋内，又一惊奇。所有的房间里，包括走廊、客厅、三间卧室、厨房、卫生间里，也全部摆满了这些奇形怪状的家伙们！一问，房中院内，大大小小共计一百四十余件。

久闻此兄收集了不少的根雕，却不料有这么多、这么大，有的简直就是庞然巨物。现在这些家伙就摆在身边眼前了，荒原的古木精魂，如熊如鹿如恐龙者，如妖狐如魔女如老妪者，粗糙麻砺如堆峰者，光滑细腻如处子者，全是大自然的鬼斧神工，加上风的唇齿一点一点咬出来的。

感叹这些百千年的时光所自然形成的杰作，若置之一华室，顿时能使山野之气灌注，也顿时能使华屋内所有陈设逊色于此一朽木！

人工的最精美、最文明之地，必置以最原始、最自然的标本为和谐，因而也最能由此反衬出文明力量的伟大。

我说，传说有雌雄神鸟，衔香木成堆，啄石取火，自焚涅槃的故事，你莫非也成了一个“衔木者”了？

我这位分区政委朋友笑了，他问我说：“你说守边防的人最大的苦恼是什么？”我想了想，摇摇头不知道。他只好自己回答说：精神上寂寞。独身一人千里之外任职，几年间工作之余就用这种爱好填补生活，艾比湖畔有一个很少有人进去的戈壁荒原，最深处，有不见边际的原始森林，这些都是从那里面拉回来的。他说我想到时候搞一个“古木展览”。

我说你说的那个原始森林远不远？

他说：“坐汽车去，早去半夜回。”

还得带上枪，里面的狼獐熊猪还不少，你不吓走它，撞上会伤人。他说，那里面寂静得吓人，但也迷人，一进去就是一天，又累、又渴、又饿，但是老想去，永远探不尽。

我已经可以想象出他的苦中作乐了，而且，这一百四十多件大自然创造的艺术品上的汗水、艰辛、慧眼和侥幸，我便也都可以间接感受到了。

怅寥廓啊……

高天阔地、岁月时空是何等寥廓，我们所能采集的它的毛发又是何等微不足道，但是只有人能够理解，只有人知道采集保存，也只有人懂得珍惜这些“家伙”！

“你这个政委是个‘衔木者’，是个在精神上准备‘涅槃’的‘雄鸟’！”我说。

那生灵

我举起相机。

我想留下河对岸的这个镜头。

春天的河水清蓝碧澈，一河迅猛的碧水下面，隐约透出盘卧着的大白鹅卵石，如圆龟的背。

河的对岸是草滩，浅绿的；草滩之外是草坡，灰绿的。河里有大鹅卵石，草滩上有碎小一些的卵石。

在这样一个大的背景上，河的对岸孤零零立着一匹马，它站在河岸，头颈微偏，专注着河对岸的人。

我举起相机，我也在打量它。

我看到的画面上，下半部分是碧蓝的河水，上半部分是浅绿的草滩。靠近草滩一边的河岸不规则地从整幅画面的中部横切过去，一分为二；这时，动与静，绿和蓝，水中石卵与滩上卵石，被河岸浓重的一笔划开，形成一幅独具意味的格局。

在这幅格局中，万物皆不存在，只有一匹马，它代表着一切生命向画面之外的另一空间注视。

而我却在另一空间注视它。

同一时空中的另一时空感因此而产生，这一瞬间，陌生而且无语的生灵啊，我不知你究竟是物是人，是仙还是圣？我只觉得你的眼光里有语言，皮革下有灵魂，甚至我觉得你长得比人类更美、更和谐于自然，一切我所感知的你都是同样可以领悟的啊！

陌生的生灵啊，你欲饮未饮，欲行未行；似行又止，似饮却又举头注望。前有清澈之碧水（雪碧？），后有连天之春草，尔何故会有此忧伤莫名的神态呢？

尔若饮水，我知你渴了；你若吃草，我知尔饿了；你若与众马奔驰，我知尔兴奋高亢了；尔若与另一马相亲近，我知你动性怀春了。但是现在，不关饥渴，独怀忧伤，风前伫立，神态迷失。

莫非尔等也会有意识形态之终极关怀？

是的，你仅仅是一匹马，一匹黑马。马会奔跑，也会嘶鸣，但我不敢断言你此刻是不是正在梦想着飞翔？谁知你是不是正在梦想穷极马的一切限定而化蝶、化鱼、化鸟、化龙，进入一个更为廓大自由的空间之上？

我不知它是不是这样想，但我感到了它的眼神、它的如梦的状态。这状态和人是一样的，孤独、忧伤，面临一个崭新的宇宙时空时，那种沉醉与迷失。

我想安慰它，我想这样对它说：生灵啊，你其实是幸福的呢。因为一匹马所独享的天地和空间，往往要比许多人一生所享用的空间大出不知有多少倍呢！

去靶场

所谓靶场就是一处环山的空旷戈壁。

一些军人已经提前来到这里做了准备和安排，他们在这里销毁过期子弹，已经整整三天了。我们来到靶场的时候，战士们为我们准备好了一切。

我们的任务就是扣扳机，让子弹飞出去，上靶更好，不上靶也没关系。

射击的感觉在击发的一刹那，剧烈的撞击和突兀的枪声，首先使操持者受到震撼。枪声一响，持枪者就从平静的状态迅速进入另一种状态。那是一种意乱神迷、方寸昏眩的状态，整个身心被调动起来，兴奋、迷狂，对于缺少经验的人来说，还同时伴有不可自持的慌乱。

射击者第一个击中的就是自己。

但是老练的射手不这样，他习惯了、适应了这种震荡，于是他变成了稳扎稳打的工匠，一锤一锤地敲打着；同时那种震荡身心的刺激却更深入地渗进他，使他像一个有毒瘾的人一样，慢慢地品味它。

冲锋枪像一只刚被捉住的野兔子似的，猛烈地在怀里挣扎着，仿佛要自己跑出去。

手枪像一只手掌里的鸟，一跳一跳的，它的两条腿仿佛蹬劲挺大。

重机枪则更像一架置放在野外的小型机床，它更像在切削着什么，传送着什么，它更具有某种低沉的、看起来似乎无害的操作性。

对面的山根和山腰，子弹打起的烟尘起落飘散。有时候重机枪猛烈地扫射一阵，子弹的尘烟好似一个无形的人在山腰间飞快地、有规律地奔跑着，而且不断地在躲避子弹的追击。

子弹在缩小着空间，但缩小得极其有限。山峦一动不动，击打出的烟尘像挂在它脸上的微笑一样，漾起又飘散。

戈壁依然空旷，激烈的枪声犹如小鸟的鸣啭一般，过后仍是宁静和空旷。大地究竟吃下去了多少子弹呢？人类所制成的这类精妙绝伦的凶杀之器，在它面前似乎无所展其威力，因为它也是寥廓。

我把玩着一支手枪。拉动枪管，扣动扳机；再拉，再扣。我的朋友忽然对我说，“你注意到了没有，枪的结构是不需用螺丝的，它的各部件环环相扣，组成浑然的一体。”

果然是这样吗？那么，枪就是某种神意的创造和传授，就是一种冷冰冰的生命，可能也是一种使命。

人类用它自杀。

而代表这类东西的力量，与其说来自人的头脑，毋宁说来自寥廓而不可知的天宇和山峰……子弹钻进山体就消失了，仿佛回归了它们的母体一样。

靶场上，只有一些亮闪闪的弹壳。

温泉源

在荒寒的雪山脚下，有一个县，县的名字叫“温泉”。这命名不是为了起着好听，也不是为了诗意，而是早在这个县根本不存在的时候，温泉就存在了。

由于雪山离得太近，触目四周尽是山峦，所以这个县显得荒凉，它怎么也摆脱不掉周围的荒寒之气。但是幸运的是它有温泉，冒着热腾腾雾气的、含有丰富矿物质的天然温泉，于是人心里积存的那点荒寒之气又被洗涤荡尽了。

四个男子现在正浸泡在一池温热的泉水中，应该说不是温热，而是热得有些烫人，必须先撩水擦身慢慢适应，才能渐渐让全身深入下去。

整整一大池的碧水，在一座旧式的木板房里，使人有一种置身异域的错觉。水真是好，热烫滑腻，而且含有一种渗透肌肤、松解关节、舒张血脉的力度。谁能想得到那表面荒寒的雪峰内里，竟是一副这样温暖、温柔、温馨的热心柔肠呢?

四个男子中有一个小男孩，三个壮年男人。这时，某种动物式的感觉立即被唤醒了。活泼的、肢体细瘦的小男孩，衬托出了三个壮年男人（其中一个是男孩的父亲）的雄厚和沉稳，他们厚实的胸背和粗壮的肩臂，都使人感到成年雄性动物那种岁月的积淀，也都预示了眼前这个小男孩的生长前景。同时，这个小男孩现在展示的，正是这三个壮年人的往昔时光。

过去我们不是也这样细瘦、灵活么？

过去我们不是也这样怕水、尖叫，继而很快又嬉水，不停地欢笑，充满极大的兴趣和乐趣么？

但是现在，我们一个个像老狗熊一样深深浸泡在水中，只露出一颗脑袋，闭目养神，静忆往事。我们喜欢烫，因为烫一些才能穿透我们的厚皮和脂肪，才能使力量深入内心和灵魂，才能触动和感染我们。我们真正是快变成一些老动物啦，泡在水里的、裸体的老动物。一个动物生命中所应该经历的，都经历过了，这一切平庸的或传奇的经历，就写在这些身体上，巨细无遗。

这时，我们眼前的这个小男孩，对于我们来说，就是“寥廓”——虽然同泡在一池之中，但是他和我们之间的距离太辽远了。

太遥远了呵，比戈壁深处还远，比雪山之巅还远，远成了遥不可及的往事、吸入太空的碎片、无法重去抚摸的记忆……

这种寥廓，才是最可怕的。

1996年9月10日写于新疆

喀什寻梦

大约三十年前，我曾对生活了八年的喀什有过这样一句评论，我说："你可以一眼望穿乌鲁木齐的五脏六腑，但你永远无法看透喀什那双迷人的眼睛。"许多年来，这句话成了新疆当地的土产名言，多少人去了喀什，但至今没有人敢说读懂了喀什。

喀什静静地坐落在天山南麓，丝毫没有害怕被这个世界遗忘的忧虑。上下千年，风烟万里，喀什噶尔与时俱进而又风貌独具，高楼林立而又古巷幽深，五湖四海而又秉性难移，面向未来而又紧连着历史的根系……现在的学者们懂得了，"21世纪最重要的能力是跨文化交流"，但是他们不知道，上世纪70年代，我们就已经身处在这种能力的考验和冶炼之中。喀什之所以难懂，恰恰因为历史文化的跨度、反差着实太大。

有多大呢？细数国内，没有比喀什反差更大的；放眼世界，少有比喀什更陌生的。欧美文化离我们远，但百年来接触、研究得多，而喀什，反而成了自家庭院里的幽僻之角。了解不够，宣传不足，研究更少。

吐曼河浑红的河水从七里桥下流过，喀什地委大院依稀保存着大巴依（地主）庄园的风貌；宽平坦直的水泥街道和曲巷迷宫般的旧街区形成鲜明对照；宁静哀婉的香妃墓池塘与乌斯唐布依商业街世俗的喧嚣热闹完全两个世界；身着空军军装的维吾尔族探亲女兵和蒙着面纱匆匆行过路边的妇女像海水和河水交碰在一起的瞬间！艾提尕尔礼拜寺前盛大的节日万人萨玛舞的热烈忘情和幽巷院落中养了几十只怪猫的老妇那份孤独寂寞……这些，都在喀什。

喀什是那样一眼望去就与众不同，它吸引你，迷惑你，但同时又让你永远难以深入。语言、风俗、内心世界，实在有重重障碍。假如路边一个醉汉抓住你，让你和他再喝，你可以去，但你想不到他土巷深处的家布置得那么华丽。最后，他会亲吻你的额头，用半生不熟的汉语说：“我们团结一起，敌人来了，把他枪毙！”这就是喀什人，他渴望得到尊重和友谊。

同样，喀什的汉族人也不同于乌鲁木齐，他们当中有不少人操一口流利的维吾尔族语，而且他们说汉语时也喜欢拉一些维吾尔族语式的长音。比如“我说”这个词，他们的方言就成了“带——曼——”在边远小城喀什，你可以看到湖南湖北人，江西江苏、四川甘肃甚至广东云南人，应有尽有。他们以各种方式和身份来到这里，有的融进去，扎根几代，枝繁叶茂；有的又回归故土，另觅新地。但是在他们的一生中，难忘的是喀什，喀什将成为他们永远值得回忆的地方。

与中国众多的大城市和发达地区相比，喀什是个小城市，但喀什不是个小地方。它依托着昆仑山和天山这样雄阔壮大的两道山系，源源不断的雪水河流浇灌绿洲、滋养生息；它面对塔克拉玛干这样巨大浩瀚的沙漠，无尽的地下资源等待着它，这个古代喀喇汗王朝（黑汗王朝）的故地不能说没来头。自古以来，喀什就是多种文明的交汇地和缓冲地，波斯文明和中原文明在这里碰撞，佛教文化和伊斯兰文化轮番在这里主宰，还有丝绸之路，还有欧洲文明和蒙古文化，都汇集到这个离海洋最远的地方，形成它复杂的性格、多重的心理、独特的品质。

人说“不到喀什不知道新疆之大”，不错，但是不到喀什更不知道西域文化之深厚丰富。喀什是一个梦，是一个生活了八年回想起来仍然扑朔迷离、真假莫辨的梦。你很难搞清楚，那些存在于你记忆里的人和事、城墙和涝坝、街道和民居、白昼和夜晚……哪些是真的？哪些是幻象？它们混在一起，像奶茶一样奶、茶难分，余香满口。

也许你已经走过了很多地方，甚至走遍了世界，但你还是应该到喀什去转转，品尝一下叶尔羌河的烤鱼，巴楚的羊肉和喀什的葡萄、杏子、无花果。走累了，在水渠边的树荫下坐下来，打个盹。

你会做一个与别处完全不同的梦。

赶 巴 扎

在天山南麓广阔无垠的沙漠边缘，一块又一块大大小小的绿洲上演绎着别一种族的别样生活。如果有机会做一番了解，可能比浏览中原的农贸市场更多获得一些新鲜感受。

维吾尔族人的“巴扎”就是我们说的农村集市。与传统的中原农村集市相比，它们有着共同的性质和同样喧嚣的场面。不一样的是不尽相同的商品，更不一样的是赶集的人。

维吾尔族人从外形上看更有特色一些，他们虽然住在沙漠边缘，奇怪的是，风沙没能使他们的眼睛变小，反而更大。他们虽然生活在相对落后的地区，身体非但没有变得瘦弱，反而更加强壮健美。从和田走出来的维吾尔族女歌唱家巴哈尔古丽就长了一双令人惊异的大眼睛。我对她说：“那不是眼睛。”

“不是眼睛是什么?”她问。

我说：“那是两个湖，站在湖边上，一不小心掉下去，就会把人淹死。”

巴哈尔古丽听了，高兴地笑起来。

这种美目并非女歌唱家的特产，你仔细观察，许多维吾尔族农民都有，往往破旧的衣衫之下，你可以发现古铜色的胸膛；未经修饰的乱发下，有一部天生漂亮的连鬓胡。特别是那些老人维吾尔族田舍翁，白须飘萧，端坐在铺了花毡的毛驴车上，虽然目不识丁，却有哲人风采，个个都像印度大诗人泰戈尔！

白杨林带之下，果园浓荫之畔，只要有赶毛驴车的、步行的、赶巴扎的人们，就能遇到或庄重、或幽默、或活泼的维吾尔族人，也就必能找到阿凡提。美哉维吾尔族人，令人目不暇接，赶巴扎的日子，如同置身古西域人物的历史长廊中。

天山的额顶与皱褶

这道通向克什米尔的山脉，

同时也是一条明确的人种学分界线。

——《沙埋和阗废墟记》

有一年，我这个山西人回老家去登五台山。我欣赏五台山的那种佛教文化的氛围，但缺乏认同的心理。我看到山上的那些碗口粗细的小松树，心里就不以为然，心想，这算什么松树。如果与天山的松柏相比起来，五台山的松树只能算小孩子。在那一次山顶环顾之间，我忽然领悟到，山也是有种族之分的。山的风范容貌，往往与临山而居的那些人的文化形态相和谐，甚至与他们的文字、面型、体格相融。这就弄不清究竟是山川河流影响了人呢，还是人工斧凿改造了山？或者是两种因素都有，千年万年，互相影响。人有气，山有灵，渐通渐融。所以辛弃疾才会有这样的妙句：“看爽气朝来三数峰。似谢家子弟，衣冠磊落；相如庭户，车骑雍容。我觉其间，雄深雅健，如对文章太史公。”

真是天下读山第一人。

若是读汉家山脉，可以说“登泰山而小天下”，也可以说“五岳归来不看山”，这不为妄言狂语。但是，中国大地上还有各个民族的山呢，该怎么说？

所以我想说一说另一种系的山，全长一千八百公里的天山山脉由东向西逶迤磅礴，贯穿新疆浩瀚的大地。这是一座生就蒙古人、匈奴人、斯基泰人骨骼和血脉的伟大山脉。与之毗邻的山系个个不同凡响，个个独具风采，阿尔泰山、昆仑山、喀喇昆仑山，哪一座都不是矮子，而且哪一座都不是丑八怪，个个自成体系。

然而天山却是我们最容易亲近的山，它是西部山脉的众神之中比较亲近人间的一位。说它容易亲近，也无非是天清气朗的时候，登高临窗可以遥遥望见博格达峰的影子，云丝雪线，半空处横亘着一脉凝重而有质感的蓝色烟雾。海拔五千多米的博格达峰是众神中的小弟弟，也是天山之父派遣来观察守望乌城的少年王子，它蓝袍镶金，白帽抹红，英俊伟岸，不可一世。

若是你登天池，便可一睹其浓眉秀目。美少年，眼神一晃，摄人魂魄。若是乘飞机飞临乌城呢？千万记得坐在左舷窗边，降落前一刻钟，可以真真切切得窥天颜。的确是天颜啊，那是神的面容神的脸。永不融化的、干爽洁净的冰雪从它的头顶上倾泻纷披而下，如银的冠冕或头盔，也如白发三千丈直落胸腰之下。从冰雪之间透出峻峭的山体，岩石的蓝，仿佛钢的烤蓝，我谓之“钢蓝”。

你可以看到，它的鼻梁果然是高峻的，眼窝果然是深陷的，而嘴，总是紧闭着掩藏在浓须之下，一言不发。最伟大者，乃是它的额头，晶莹闪亮的白岩石一片高处的坦阔，是智慧的额，是勇士的顶。那是智者之相与王者之相的完美结合，是一颗雄性的头颅，冷峻威严但并不凶恶，就像泰戈尔的头，托尔斯泰的头，有一种艺术之王的风范。一个人平生只要有一次得窥天颜的机会，他就会终身铭记住这种伟大容貌，再也不会被人间的俗脸所征服。而且，他一定会在潜意识里要求自己长得接近那样，因为他见过了美。

然后就是皱褶了。天山的每一道沟就是它身上的一道皱褶，谁能数得清它有多少条皱褶呢？天山山脉分为北天山、中天山、南天山三部分，北天山一千三百公里，中天山八百公里，南天山自汗腾格里峰向东，沿塔里木盆地北缘延伸。如此庞然大物的天山山系，光它的宽度就达四百公里，那它的一道皱褶也足够我们流连叹赏了。

距离乌城仅几十公里处，就是一道接一道的沟，这些著名的天然避暑风景区，就全是天山的身上的皱褶。白杨沟、庙儿沟、菊花台，还有许多幽深未名的美沟壑，全是风韵天成。这些地方现今称为风景区了，过去却只是游牧者的营地和牧场。在天山的皱褶里，只有这些光荣的牧人之子能够体贴它的冷暖，听清它的脉跳，嗅到它的体香。因为仅只是一道小小的皱褶，对我们来说也是太深太远太大了，步行者是难以深入和穷尽它的。

唯有骑于马背者与之和谐。

温暖的毡房与之和谐。

放牧羊群者与之和谐。

用粗糙的手在晨光中挤牛乳之老妇人与之和谐。

经典云："他在大地上安置许多山岳，以免大地动荡，而你们不得安居。他开辟许多河流和道路，以便你们遵循正路。"

如此才体现了人对自然的初心正觉，才显示了人对自然的尊重。最初的游牧人之所以尊重自然，大约源于敬畏和崇拜。但我相信后来是出于了解和理解，越来越多地熟悉了山川草原，意识到自己的生存方式和生产方式依赖于自然。

所以他们不伐木，不垦殖，烧牛粪和枯枝，而决不砍伐健康的松树、杉树。

美丽的天山草场就这样保留下来，还有阴坡上成阵的黑松林，还有遍地的野菊花、芬芳的蒲草……因为放牧，牛羊马驼吃草遗粪，使草场的土质肥厚油黑，加以草根的交织巩固，走在上面颤悠悠的，仿佛走在大地肥壮的肌肤上面。任何人夏日来到这里都会变得活泼开朗起来，像是童年的灵性重新回归了躯体。

1999年5月28日

混血的城

这些年我已经好长时间不读诗了，准确地说，是不读新诗或现代诗了。但是最近偶然读到了一首题为《混血的城》的新诗，作者是沈苇，他的诗又使我恢复了对诗的信任，更主要的是勾起了我对我生活的这座城市的回忆和认识。

沈苇的诗开头一节是这样写的：

让我写写这座混血的城
整整八年，它培养我的忍耐、我的边疆气质
整整八年，夏天用火，冬天用冰
以两种方式重塑我的心灵

他的诗一开始就连续出现两次“整整八年”，可是我呢，已经和这座令人无限依恋、引人无限感慨的城市共同经历了将近半个世纪的命运。我和这个城市一起成长，我看着它变化，它看着我变化，相看两不厌，不同的是我看着它变得越来越年轻，它看着我变老。

诗中的第二节写道：

它被叫做“美丽的牧场”
青草疯长成楼群
一顶顶毡房突然膨胀为城市
街上驶过杂色汽车
如同牧羊鞭下的一群
身披尘土，来自各自时间的黑暗……

这座西北最远处的省会城市正如诗中所描绘的，奇迹般地在不到一百年的时间里经历了游牧、农业、商业城市三个时期，它身上各个时期的胎记都没有脱尽，然而它却兴致勃勃地准备投身到一个更新的时期中去。乌鲁木齐是一个鲜明的、充满生气的城市，也许它并不伟大，也许它和许多繁华的大都市相比还差得很远，但它充满了自己的个性。它谁也不怕，对谁也不崇拜，它有一种真正悠然自得、傲然独处的精神——这恐怕是它游牧草原的出身所带给它的。同时它还具备另一个看似矛盾的优点，那就是它善于学习，绝不排斥任何先进的事物，它具有青年人一样开放的、善于接受新鲜事物的能力——这一特点毫无疑问是和它的现实成分密切相关的。

因为它是一座真正意义上的“混血的城”。

这个不仅指它的多民族构成，还指它的移民特质，十几个民族和全国各省区的人荟萃于此，带来各自的特质与文化个性，在很短的时间里形成这个城市的风格和共性。它除了接纳、融汇、吸收，还能排斥谁呢？特别是，它作为百年前的一片丰饶的牧场，没有什么城市的传统可守，所以它始终是进取的。在大西北的各城市之中，它没有西安那么有文化，但它比西安有活力；它没有兰州所处的地理位置那么重要，但它比兰州有魅力；它没有西宁离内地那么近，但它比西宁有气势；它没有银川那么独得黄河之厚爱，但它比银川富丽。

我记得很清楚，50年代在乌鲁木齐的碎石子铺成的马路上，时常会碰到转场的牧人把潮水般的羊群缓缓赶过来，淹没马路；他骑在马上，大夏天穿着皮袍皮裤，与周围的人们格格不入；他沉默无语，表情有些惭愧。他的头大毛长、强壮如牛犊的牧羊犬也感受到了城市的压力，一声也不敢叫，低着头躲着行人，像一个可怜的乡巴佬，连小孩也敢向它扔石子。

那时乌鲁木齐只是一个二十五万人口的小城，街头奔驰着六根棍马车，汽车是很少见到的。那时冬天比现在冷，人们都穿着白色的厚毡靴，现在这种毡靴已经消失很久了。那时的公社书记们来城里开会，全部骑着最优良、最强壮的好马，县委门口专门设有拴马桩，几十匹好马汗淋淋疾奔而来，身上结满冰霜。

我经常回忆起50年代，那里有一种甜美的质朴与欢乐。然后，60、70、80年代，仿佛一晃而过，没什么变化。到了90年代，变魔术一样，这个城市日新月异。

现在我走到哪儿都没有感到过分惊奇，因为相差没那么大了。我们在这里生了根，我们的脚长进了这里的土地，它就是我，我就是它的一部分。我怎么也摆脱不了故乡和我的关系，我承认，我太爱它了，我已彻底被它征服。有时候我会偶尔遇到一些比较自以为是的人，他们会发出这样的疑问："你怎么还在新疆？"我觉得这种问话很没有教养，而且十分可笑。这就好比一个外国人问你"你怎么还是中国人"一样。新疆怎么啦？新疆很好，新疆自古就是英雄好汉驰骋的地方，现在仍然是。

当今时代是一个实现个人价值极为困难的时代，一个人没什么了不起，但是一个有着特殊依托的人可就不得了啦。有些人依托强大的社会集团力量，有些人依托财力，还有人依托文化中心的传播力，等等。这些我都是明白的，也都是理解的。

但是我可不可以只依托自己呢？

依托一座混血的城，依托从它悠久的历史身上散发出来的特殊的气息，依托时间，依托那份野蛮的单纯。混血的城！让我们一起去创造神话吧。

整整八年，我，一个异乡人，爱着这混血的城，为我注入

新血液的城

我的双脚长出了一点根，而目光时常高过鹰的翅膀

高过博格达峰耀眼的雪冠……

1999年4月13日

《游牧长城》序篇

在中国这块大陆上，有那么一些东西是一种无文字的文化、无课本的教育，是一种无声音的影响和无语言的歌哭。不管你愿意不愿意，理解不理解，这类东西像婴儿吮吸的第一口乳汁一样，渗透进你的生命和血液，顽强地影响并伴随你的意识、眼珠和肤色，直至你的生命结束。仿佛是与生俱来的，其实却不一定；但是你说不清楚究竟是哪位先生告诉你的，也记不得哪篇课文给你留下如此平静而又深刻的印记。

长城就是这一类东西中的一个。

它对任何一个中国人的影响都大到无法估量，它比宗教的感染力更沉重，比父亲的慈爱更广阔，比帝王更有基业，比所有的古人哲人的学说加起来更雄厚……它是中国各个阶层的人在学龄之前都无可躲避、必然迎头撞上的一个血缘式的名词。而且，无论是有些痴愚的儿童还是早慧的少年，听到它神秘奇异的名称和故事，都会感到一双巨大的古老的臂膀，从深夜的大槐树上搂抱过来，让你恐惧也让你振奋，一下子就终生难忘。

对任何一位汉族人，你都可以这样问他：

“想想看，回忆一下，你是从什么时候开始知道长城的？”

人们往往忽视这类具有决定意义的细节，以为无足轻重；相反，却对那些看起来轰轰烈烈而实质上毫无影响力的事物奉若神明，以为那些东西将决定自己。人们是多么好笑，他们忽视或遗忘的，往往正是决定他们的。

为什么人们会这样奇怪呢？

也许是人类天性中的好奇？或许是因为具有决定意义的事物太平凡、太无声了，从而忽略便成为一种必然？心脏的跳动是太重要了，但是只要它不悸动或停止，谁会注意到它的作用呢？当然，还有一种原因，就是重大的事物同时还是庞大无形的，还具有深刻的难以望透的朴素奥义，它不仅不为平庸的智力所认识，还会带来对自身存在的怀疑和深层危机的畏惧。因此，人们对重大事物的忽视也是可以理解的。这并不奇怪，不但不奇怪，在现实生活中反而是正常的，健康向上的。谁如果死乞白赖地硬要追根问底，人们就会公认他是疯子。

“想想看，你是从什么时候开始知道长城的？”——这是个问题。

我记得我知道长城的事是在大约五岁时，我那时已经先期知道了毛泽东，这意味着我懂政治的时候要比懂历史早。

我记得非常清晰，我知道毛泽东这个名字的粗略含义时，感到了温暖和信赖，觉得自己终生有靠不会被遗弃；但是知道长城的事时就不一样了，我感到了巨大的臂膀和强有力的手掌，仿佛一只预感到了圈的厉害的小羊羔，充满了难逃大限的恐惧——生命中的第一道伟大的阴影，就这么来了。

那位河北籍的大脚保姆给我带来了长城，她一片善意地给我赠送了这样一个永恒的噩梦，她说："涛哇，你咋能不见见长城呢？你长大了得去看看长城！"

我说长城是什么呀？

她当时正领着我在一架双杠旁边转悠，听我问话，先不作答，"嘿！"了一声竟一翻身蹬腿骑在了杠子上。老太太真行，大概是从小练过武功，猴儿蹬云一般利索，身手不凡。她骑定了，才说："秦始皇修万里长城，孟姜女千里寻夫；孟姜女的丈夫万喜良累死在长城下，连人带骨头就砌进城墙里。城墙里全是些死人骨头，胳臂腿儿都从墙缝儿里伸出来啦……"

她看我吓得直发愣，就笑嘻嘻地又添油加醋："满城墙里尽砌的是死人脑壳子，瞪着俩大眼睛窟洞，不说话！"

"涛哇！长大了去看看万里长城！"

我说："我不去。"

"咋啦？"

“我怕死人脑壳子。”

老太太笑嘻嘻的，这回笑得有点慈爱了，柔声地说：“涛哇，你长大了要是当官，可该心疼着点百姓的性命，别把人砌进城墙里！”

我就是这么知道长城的。老太太整个儿来了个象征手法，寓意性极强，本质性穿透。然而她老人家的这种巫婆式的诗意概括，着实摧残了一番五岁儿童的幼小心灵，害得我做了好几次噩梦。我梦见从一座城墙边上走过，一边儿是陡崖，一边儿是从城墙缝儿里伸出来的手臂，那些手臂几次从脑袋后边抓过来，冷飕飕的……啊呀！就吓醒了。醒来却是满室月光，照彻屋里的墙缝和斑点。我那时的想象力比现在发达一百倍，五岁儿童的主观意识可以任意改变客观现实，我眼中的一切斑点、疤痕、洇迹均成为超现实主义的图画，就像以后看到的达利的画面。这又把我吓个半死，我闭眼不敢再看，但又害怕重新回到梦里——里面有死人的手等着我，我进退无路，只好闭紧了眼睛醒着。

中国有两样东西深刻地影响了我，一个是黄河，一个就是长城了。我在学龄前就听到了有关它们的传闻，它们在民间的名气都大得惊人，任何庶民百姓都有向你传播它们的责任。可是只要听他们说起来，全都和死亡联系着，暴虐、任性，还有白骨，令人不寒而栗。但是到了教科书上，就不一样了，它们全变成了听话懂事的、成熟可靠的大人物，只是不再神秘，没了血肉，像是一对招安了的大侠。

后来，在九岁时我第一次看到了这两个伟大的东西。我失望极了。

黄河只是一条河罢了。

长城啊，竟是一节露出在戈壁上的土堆堆，而且没有什么“伸出的手臂”。

这曾使我产生了一定程度的颓丧心理，感到世间其实并没有什么真正新奇伟大的东西，一切都不如孩子心里的幻想世界。当两个最宏大的东西露出平凡暗淡的一面时，世上还有什么呢？还有什么了不起的东西呢？

之后很久，我把它们搁置在一边，任其蒙上岁月的灰尘，视若玩旧了的童年玩具。当人们再向我说起它们的时候，我不再产生任何激奋和畏惧。

我远远没有想到，认识或者说进一步认识这两种巨物，需要那么漫长的积累和准备。能够对它们有一些理解，竟然要具备那样复杂和丰富的条件，这，简直太难了！

这恐怕将是用人的一生也无法完成的。

噫吁嚱！危乎高哉！

“君不见，黄河之水天上来，奔流到海不复回”，飘逸的诗仙李太白不把皇帝老儿放在眼里，但知道敬仰黄河，他不在这条河面前犯狂，他是大诗人。后来有过几个胆大的诗人想改这句诗，一个说是“手中来”，不行；还有一个说是“斗中来”，也不行；还是李白一语定乾坤，只能是“天上来”。

“不到长城非好汉”，到了长城就是好汉么？是好汉就能推倒长城么？汉非好汉，好汉非汉；天似穹庐，笼盖四野；非汉好汉，长城为限。颠来倒去，绕口令似的试一试，这一句里倒真是藏着长城的真谛。

难怪那么些知道深浅的人不敢写长城呢。

难怪那么些不知深浅的人顺手就敢写长城呢。

该写的人啊，你不敢写；

不该写的人，你胡乱写；

我呢，该写？不该写？

我承认，我完全不具备语焉长城的学识、神性、洞察力，我对长城所知不足万一，我无法概括它、领悟它、提炼它、俯瞰它。但是，请允许我写一写长城吧！

只是因为，我去过。

还有一个更加充分而独特的原因，就是：从九岁起，我就被长城关在了门外。我虽然已经“汉儿学得胡儿语”，但始终有一种“门外汉”的乡愁和怅惘，有一种“臣不敢望酒泉郡，但愿能入玉门关”式的牵念。但我同时又是一个习惯于毡房和羊肉、热爱着草原和纵马的半游牧者，是一个即便万里归来，亦将故土难容的失却家园的人，一个人面羊身怪。

这将成为我终生的矛盾和难解的情结。

而这，是谁造成的呢？

长城。

所以，我至今也未去过八达岭长城，我对它怀有最后的一线希望和恐惧，我再经不起失望了。但是我去过新开发的慕田峪长城，它太新了。那些整齐的砖缝里，已不复有秦砖汉瓦，红漆绿彩一笔抹杀了历史的底色，它完全成了一个染发整容的老人。这时候我才忽然觉得，大戈壁上留露着的那座残存的土墩子长城是何等珍贵！

站在慕田峪长城上，我望着兴高采烈的中外游览者，一点儿豪情也没产生。相反，倒有一点悲从中来。望断南飞雁也罢，看红装素裹分外妖娆也罢，长城并没有把他们关在门外，他们的心理和我不一样。

独有我，是那样一种生分。

同时还有那样一种依恋。

我是一个在异乡别处长大后偶然走进曾祖父家门的陌生人，血统还保持着，气味却不对了。曾祖父家里已经是七世同堂，人丁着实兴旺。他们也许知道我这一支，也许不知道，反正关系不大，他们顾不上这些。

长城对于他们是什么、对于我又是什么，他们哪里能知道呢？

对他们来说，长城是历史留下来的一道护墙，是个引以为豪、需要凭吊的伟物。但是在他们的现实中并无影响，他们早已和时间的陈迹无涉，他们正奔向更为崭新的生活。

对我来说，长城依然存在。秦始皇无意放逐我于塞外，却使我纠缠于历史颓倾的民族纬度中。

我与长城的无缘之缘，恰成为生命中的不可承受之轻或是生命中的可以承受之重！

在这个双方对峙了几千年的界限上，我总也弄不准确自己究竟是站在哪个立场上。真是糟透了！我既会为“失我焉支山，使我妇女无颜色；失我祁连山，使我六畜不蕃息”而悲伤愤慨，扼腕叹息；也能因为“但使龙城飞将在，不教胡马度阴山”而热泪盈眶，同仇敌忾。我究竟是属于哪一面的呢？我大概是一个两面派，一个种族情感的超越者，对于历史的双方，我均是感情上的叛徒和间谍。

需要付出全部忠诚的，只有长城和黄河。

长城是一条凝固的黄河；

黄河是一道流动的长城。

因此，谁要是提出“长城是什么?”这样一个问题，谁就像提出“中国人是什么?”一样，让人难以解答。

“长城是中国先人最公开的心理。”这么说，不失为一种颇有哲学意味的论断。

“长城很像一条奇长的拉链，由东向西，横缀在中国北部的土地上，当它闭合时，就把两边的人连接在一起，当它拉开时，便把两边的人撕裂开来。”这又是一种说法，这是一个巧妙而又贴切的譬喻，这样的譬喻并不容易想出来。

“长城是把农耕民族和游牧民族分隔开的一道界限。”

“长城是——GREAT WALL（伟大的墙）。”

……

还可以有更多精彩的譬喻和论断，因为长城本身具有极大的可创造性，并在多种学科中含有丰富的可探藏量。但是，长城是无法概括的。

它也是一部《史记》。

它还是一部《福乐智慧》。

是镰刀和马蹄共同创造了它！请一定不要忘记：

游牧者——

面对长城，何须愧疚啊……我理解你们，早在数年前我就默默地为你们争辩了，虽然我从来没有轰动过——这只能说明他们的理解力还停留在启蒙期。但是，我开过口，我已经为广阔雄伟的游牧世界留下了铁的声音。

未来世纪的人们啊，你们谁能不背诵着它呢？设若你们不背诵它，我无法想象你们的生活怎么能是没有缺憾的。

数年前，我曾这样写道：

若干世纪以来所发生的事情
都在证明这家族的分配不均
多山的北方多高原的北方多雪的北方
用脚掌暖化冰雪却无奈它向东倾注的北方
眼见那河流在南方养育三角洲
却在北方在中原菌生群雄并起的纠争

北方坐在马鞍上透过风扬的黑鬃俯视河水
听远行的商旅带来的秦淮河传说
满地珠宝城郭，十万富贵人家

楼头有红衣女倚栏拨琴低唱
便对这偏心的版图产生妒恨和野心
黄河粗野的浪头就从血脉中腾起

饮马长江从来是一句诱人的口号
游牧者的劳动是战争，追逐水草是天性
奴役人如同役使畜生
发起一次战争像围猎一支兽群
但是南方却用一个宫女就解了围
用一曲幽怨的琵琶引去遍地铁骑

在南方水池里依旧游动着红鲤
亭台畔假山旁青翠的竹林不生荒草
凭一江天险守富庶的和平
等五十年后躁动的马蹄又叩响长城
三千年不息的内战证明这版图的偏心
——偌大的中国东南倾斜而失去平衡

这难道是一首平庸的诗吗？在那些娇嫩而又软弱的“诗人”眼里，这样的诗是无法理解的，因为他们的眼睛始终没有穿透一朵花、一滴渺小爱情的阻碍而去伸向更为广阔的关怀。

他们永远体味不到“北方坐在马鞍上透过风扬的黑鬃俯

视河水”时的心情，他们也不可能想到那个坐在马鞍上俯视河水的“北方”，其实正是我。我二十年前每天早晨到巩乃斯河边饮马，马饮的时间很长，它饮一会儿，就要换个地方挑一处新的水面，再饮，仿佛同一条河里的水味道有什么不一样。那时我似乎借助了马的记忆和灵性，一下接通了游牧者的心。我觉得理解了那些游牧者的生存，甚至感到自己也是他们当中的一员。

“用脚掌暖化冰雪”，正是北方的生存，哪一条伟大的河流不是用我们的体温融化的呢？我们是河流的孵化者，然而我们如此悲苦，这的确有些不公。

这是七个极度强化、凝聚的千金难买的字！七个超重的感情砝码，把三千年倾斜的版图，压平了。

我，中原文化一脉相传的嫡亲，同时又是天山山麓的游牧人的养子，当我丧失了狭隘的民族立场，我是多么自由又是多么痛苦啊……

无　豹

我看见……那只豹子，就蹲伏在长城上。它与长城是非常和谐的，如果不是因为它偶尔裂吻打一个长长的惊心动魄的哈欠，如果不是因为它有时起身缓缓地在城堞上踱步，然后复又蹲伏下的话，我就以为它是不存在的了。可是，那豹子……它怎么可能于光天化日之下悠然地蹲伏在长城上呢？我也知道这是不可能的事，不可能，但我还是看见它，那只豹子。

它稳得很，蹲伏在那里。仿佛长城沿线行驶的车辆根本不存在，与它无关；还仿佛是周围的一切活动都是假的、都是幻象，唯有它是超然的真实。一切都惊动不了它，它安然地卧在上面，像一个专注于内心的思想家，丝毫不为外界所惊动，也丝毫不准备攻击什么。

那是一只金钱豹。

它有时变得异常庞大，整整一座山峦都像它，蹲伏在天空之下，背部的曲线充满张力，像强劲的弓一样弯着，有一种待射的威猛。

它有时又似乎变小了，隐藏在城堞后面或山脉的岩石旁，露出一双炯炯的眼睛注视你，或者，露出一块斑纹，露出一节豹尾，露出一个头部的形廓。

它真美，这只豹子。它时隐时现，若真若幻。谁也不伤害，但谁也不能不惊叹并迷醉于它的美。它就是一块斑斓土地，一片深秋的草丛，一段河流弯道处的含蓄的速度和力量。这只金钱豹，在长城的沿线一带你总是能看见它，像是眼前不散的幻影。

它有时候注视一下你，但更多的时候是自在着，倾注于一个我们看不见的东西。有形无欲，且威且容。但它是一只豹子，一只金钱豹，不是印度虎，也不是非洲狮，而仅仅是一只豹子，就像汉字里的“豹”字那样的神态：微微抬起头注视着前方，两只前爪正放在胸下，如两柄伸出来就可以搏杀的利剑，整个后半部是一个“勺”形的蹲伏，一蹴即可腾起……唉，它真美。

现在，它正如一个贫困的富有者那样高贵，它一无所有，只有自身，然而它的自身却是炫目耀眼的遍体的金钱！金钱在它身上变成了最美丽的纹饰，金钱就是它的身体的一部分。它全身都是钱，但是它能花自己吗？它是典型的富翁，但它正贫困着。

而且，它还像一个颓废的斗狠者那样懒散，它厌倦了过去锋芒毕露的生活，捕杀、搏斗、迅猛灵活出其不意的一击……这一套都是它天生就会的，它曾经屡试不爽，杀伐成性。但是它意识到并面临了一个更大、更冷酷的捕杀，像一个皈依佛门的杀手那样，它宁静地放弃了爪牙之利，等待最后的灭绝。

它的目光因为经过这些铁栏，
变得这样疲倦，什么也把握不住。
它觉得，好像有千条铁栏，
千条铁栏后便没有宇宙。

强韧的步履迈出柔软的步容，
这步容在极小的圈中盘旋，
好像力的舞蹈围绕一个中心，
在中心一个伟大的意志昏眩。

只有眸子的帘幕时而无声地撩起。
于是有一幅图像浸入，
浸入四肢的紧张的寂静，
这图像在心里化为乌有。

——里尔克《豹》

我看到的那只豹子，正是这样。它与这位德语诗人誉满天下的名篇是精神一致的。我只是有点想不透，为什么这只蹲伏在长城上的独一无二的豹竟不曾被中国历代的诗人所看到，却偏偏被一个欧洲人发现了？他发现了一只东方豹子的特有的精神美，他发现了伟大的长城式的孤独。

我突然注意到我们这个民族曾经有过的豹式的英雄主义色彩，它是那么悲哀、无声地潜入和渗穿了我们的灵魂。豹式的悲剧感，豹式的英雄美。“燕额豹头”，正是中国英雄的标准像。“豹子头林冲”，为什么叫豹子头呢？因为美。还有西门豹，还有申公豹，都美。我们为什么不把林冲叫“老虎头”呢？因为豹子的勇猛里更留有余地，豹子更矫捷凶猛，更有一种冷酷的、强悍的杀气。

在中国，狮已经成为皇宫禁城门前的两只卷毛狮子狗，虎也成为封疆大吏脚下的垫物，只有豹子，带着民间英雄和江湖好汉的色彩，闪耀着独行独往的无羁的光芒！长城上是应该蹲伏着这样一只金钱豹的，那该是一幅多么和谐、多么难忘的画面！

可惜，这一切仅只是我心灵的幻象，豹正消失着。

我恰好看到一位日本人在问：“长城沿线，还能找到金钱豹吗？”

有人告诉他，两年前，曾捕获了一对小金钱豹。动物园得悉，愿以四百元一只的价钱买走。后来，这对小豹子终于在某个动物园供人观赏了。

一座没有金钱豹的山林还算山林吗？一片没有金钱豹的高山大岭还算高山大岭吗？就像没有武林高手的江湖，就像没有奇侠大盗的名山，索然无味了。

还是里尔克的诗说得好：

……它征服了他们，
迫使他们在死亡和生命面前跪伏。
他们双膝弯成的直角，
赋予世界一个全新的尺度。

当最强有力、最活跃的一种象征力量的威胁彻底消失的时候，生活还存在吗？

当那类看起来无足轻重的事物还未显露出其深刻的影响时，谁又会把那些属于自然而不属于自己的东西当成东西呢？

这些都是渐渐的，毫不突然，但最终的结局，是可怕的。

在长城沿线，除了幻象之外，我并没有看到一只豹，只在某兽皮市场上，看到一张金钱豹的皮在风中飘动。我看见……那只豹子被吊起来，如同野猪林里的林教头一样闭目认命，它正被董超、薛霸一类人，高价出卖。

河西走廊

那天早晨的阳光令人终生难忘。

大家已经先我一天乘雪驰往张掖，留下一台车，等我痊愈后赶去。那天早晨我决定上路。我的病正处在将愈未愈之际，腿软头晕，口腔和舌尖弥散着一股淡涩的味道，一种无味之味。

那天早晨大雪停歇，灿烂的阳光一直正对着我们的车窗，洁白丰满的原野里无数晶体巧妙反射着穿透它的几束光，撩拨闪烁，使周围顿时变得辉煌了。我们行驶的柏油路，正融化成一条刚从水里捞出的黑色缎带，飘然自如地贴在雪野当中，任凭我们驰骋。

河西走廊的格局和态势，这时一目了然。这条中外驰名的大走廊在这个早晨显出奇异的清静，整个道路上，仿佛只有我们这一台车。一侧祁连山逶迤相伴，它个子不高，颜色杂驳朴素，表情里却含着从历史中透来的凉气。

一个半病的人就这么斜倚在前座上，衰弱的身心整个沐浴在阳光里，两目微闭，神驰意飞。我觉得仍然躺在病床上，只是床在嗡嗡地响，微微地抖；阳光如此慷慨地、长时间地泼向我，使我恍惚中感到在被天空肆意地镀为金身，温热渗透骨缝……我知道太阳神正疗救我。

我的眼皮像百叶窗一般垂下，遮住瞳仁。这样我眼前泼过来浓重的金红，然后深红如鲜艳刺目的血液，然后晕出一团团的绛紫、跳动起蓝的光斑……用瞳孔看到的太阳是一个色彩浓艳的海！一片变幻深邃的潮！我觉得世界被这海潮淹没了，唯独我轻轻飘来，轻若片羽，升向天空，我想进入那深邃和浓艳中去寻找自己远古时便已存在的灵魂……时间啊，你多残忍！你赏给我们的这一牙瓜切得多么薄哟！竟能比大百科全书里的一页纸还薄千分之一，既如此，又为何令我们窥见你深厚宏深的色泽全貌呢？那真是一个无法泳入的光芒之海！

那天早晨的河西走廊令我终生难忘。

我因病而感受到太阳，因雪而看清了长廊。大漠孤篷，长河丽日；垅头流水，流离四下；念我行旅，飘然旷野。我的心头怦然跳动，我接收到暗示：长城越来越近了。

张掖——甘州。

酒泉——肃州。

嘉峪关——不朽的名字。

“扶着墙根赶路的历史啊”（马合省长诗《老墙》），你还在那儿扶着么？要是见了面儿咱们，唉，说什么好呢？告诉我，我是扑过去和你拥抱呢，还是远远地望着你失声痛哭？

亲爱的“以制造墙出名”的祖先啊……我爱你们，我恨你们。爱你们不废千载，在水一方，总是立在记忆长河的尽头栩栩如生；恨你们潜过生死的边界，时间的隧道，以嘲弄的手拨乱世纪的时针！

只是，这又能怪谁呢？

抱怨祖先的，是窝囊废。宽谅自己的，是可怜虫。还是让我们以对待人的宽和态度来对待祖先吧，还是让我们以更加长远而非功利主义的态度来对待遗产吧，他们已经死了，而我们还活着。

假如有人用死人压制活人，用昨天的伦理规范今天的生活，用散发着死亡气味的旧袍套束洋溢着活力的新鲜生命，那绝不是祖先的过错，而是今人的阴险！

太阳神呵，请像照耀我一样地疗救我的民族吧！

请镀给它以金身，重造它的辉煌！

请指示它以雪晴后的大走廊，引导它走出祁连山的重重关隘！

哦，此是西凉，我爱马超。

莫高窟神游

莫高窟。

早就听说你——敦煌莫高窟。

听说的时候是个少年，传说中的你朦朦胧胧，神神秘秘；我照样也是没有急于去访你，我知道，去早了也是白去，反正你等在那儿，等我到了能够认识你的时候，再去不迟。

我早就知道有一个常书鸿，留学归来守住了西北祁连山下的一座洞窟，在滚滚黄沙、满目荒凉中皈依了艺术的至高如来，成为圣徒；

我也听说过五百个强盗成佛的故事，人性的这两极之间，究竟有多远？从强盗而佛的历程，可以是终生无法抵达，也可以是一夕悟透瞬间蜕变？

我还知道有一只九色鹿，在诱骗和围猎中钻进一座洞窟，往墙壁上一靠，化作了无法再射杀的壁画；

哦，敦煌莫高窟。敦厚辉煌莫如其高的艺术宝窟。关于你，我知道得还是太少，我准备得还是太不充分了；当我走近你的时候，我看到五百个洞窟似五百只佛眼无声地望我，它们有一个共同的流沙披散于土崖的荒凉额顶；这座洞窟的整体就是一座造型怪异、内蕴深含的雕构，它外貌的荒凉和内脏的灿烂同样令人惊异，它的处境所呈现的被遗弃状和它的内心所呈现的永恒固守一样强烈；它是那样一种随时有可能被重新埋没的永恒，又是一种因了极其偶然的原因才得以重现辉煌的安详。

哦，你看它自然如初的态度，就似乎是从未被流沙淹埋过，就仿佛是它一直呈现着，对它来说，千年只是一瞬，“昨日今我一瞬间”。它既没有丝毫因重见天日、大放异彩而表现出的庆幸、自豪，也没有一点儿由于久埋地下而流露出的委屈、沮丧；

它就是那样自然如初，新我如故。

千载的沉埋对它来说兴许正是无知无觉的昨夜一梦呢？它睡了一个好觉，刚刚醒来，不料竟名满天下、访者如流。它觉得非常、非常奇怪。

或许它并不认为画了壁画的洞窟就一定比没画壁画的洞窟伟大。

或许它认为每寸土地上其实都印满了祖先生活劳动的印记，都渍印了先人的汗水和泪水，都渗透了前辈的鲜血……土地才是一幅真正的不断创造着的壁画呢。

或许它早已知道，一切都不是侥幸的、偶然的，它的呈现早在预料之中。

是的，莫高窟正是这样呈现着。

敦煌城外十五公里处，坐落着的一座三危山的山湾下面，就是了。如果不走近，谁也看不出这里有神藏秘设；即使走近了，也还是不大容易辨出；拐过了敦煌研究院的整齐庭院，才蓦然闪出一座仙窟佛洞。

荒凉幽静，佛眼低垂。

白杨肃立如仪，柳枝如丝如绦。

有一河自湾前驶过，暮冬如冰道。

冬日的辉光恰恰笼罩，给每座洞窟之上勾勒、涂抹出一道金额，愈发显得窟眼深邃。

为了保护这些洞子，每个洞窟都封上了钢门，编了号，这样一来宛如戴了新潮眼镜的五百只古老的佛眼。

有一位西部诗人这样写着：

菩提树筛下的阳光
在草坪上渲染着沉默的绿色
九层阁无语伫立
没有钟磬声
风铃也不再鸣响

黄、白、褐肤色的旅人

宛如一尾尾游鱼

从一个洞窟静静地滑向另一小洞窟

正是这样——“静静地”“宛如一尾尾游鱼”，在三危山下，九层阁前，藏经洞口，只有屏住呼吸，连一个赞叹的气泡也不敢放出来，仿佛在岁月深奥庄严的海底移动，仿佛是戴了潜水面具的人正滑动在一艘巨大的艺术古船的海底残骸面前……哦，在超拔世俗生活的灿烂圣画面前，我只能变成一尾默默思想的鱼！

从一个洞到另一个洞，参观了二十几个洞窟，半天已经过去了。还有四百多个洞呢，看得完吗？

而且，即便就是住下来，细细地看上一个月，对我这样一个没有宗教生活、缺乏历史知识、毫无美术修养的人，又有什么意义呢？

稀世的艺术珍品是不可能像金钱那样被普通的人们轻易地认识的，虽然它们往往是无价之宝的被蒙尘遗弃和在舍身探求之中显出了悲哀和勇气，显出了人类价值判断中独有的精神分量！

鉴赏，这需要多少学识、经验、智慧和判断力，还需要多大的力排众见的勇毅！除了古玩字画之外，我们这个长城民族在其他的领域内缺乏“鉴赏家”，这足以说明已经有不知多少无价之宝被湮没毁弃了。留下来一则伯乐相马的故事，像嘲讽似的备注着……朝朝代代，依旧是黄钟毁弃，瓦釜雷鸣！

所以我真正来到莫高窟下的时候，我只能老老实实地坦白承认：我尚未达到真正认识它的程度。我所与众不同的品格是，在人们的一片热赞声中，我敢于承认自己的无知；同时在面对我尚未能深透理解的美好事物时，我懂得敬畏与虔诚。

我想问——

三危山，你所预示的是哪三危？

九重阁，你又象征的是哪九重？

莫高窟，你所说的“莫高”，是一种对世人的警诫呢，还是一种对自身的赞许？

最后，我唯一能够做出的判断是：古代世俗生活透过宗教折射出的灿烂艺术光辉，是多么美中不足，令人遗憾。为什么人的生活画面非要通过神的折光才能保存下来呢？为什么不能用三百个洞窟直接描绘当时各阶层人们的生活场景呢？想想，那该是多么有趣、多么活生生的画面，同时又是多么珍贵的历史资料啊！可惜，只有描绘神的圣画才是可以动员如此浩大的工程的，而人的生活则被人不屑于描绘。人曾经是这样地瞧不起自己，绘画的人也曾经是这样轻视自身的生活，而却专心地、满腔热忱地用毕生心血、用金粉五彩描画神的传说、佛的经典……我看到，辉煌卓绝的艺术巨匠，那时不过是宗教的仆人、政治的奴婢，无论他有多么惊人的容貌，他都是跪着的。

人啊，什么时候，

你自己站立起来？

壶　口

黄河到此一声吼，
万里烟尘一壶收。
巨灵神又入魔瓶，
八阵图重张虎口。
过关兵将浪挤浪，
逃难流民头碰头。
大禹缘何出此计？
缚得黄龙哭未休。

那一刻，西北胡儿周老涛立于崖上，望浊流滚滚，万里磅礴而来，不防十丈悬崖一条地缝，前拥后挤，收不住脚，遂一股脑儿跌扑下崖去，还不及发一声喊，便被一条等在下面的地缝儿尽数收掠过去！万里滔滔，顷刻粉身碎骨，化为规规一流……变戏法似的！周老涛本来刚刚学作了几百首新诗，充数算作新诗人，但那一刻浊浪溅脸，沉雷袭耳，惊心动魄之下，竟突然觉得新诗可笑起来，似唯有旧体可以合此拍律。乃口占一律，胡诌出上面这首诗，也不知像不像。

周老涛观壶口始觉一惊。数里之外已经听见轰隆作响，如炸山开路，油田井喷。山虽未摇，地却在动；风虽未行，云已变色。及至目前，浊流争泻，壶口爆炸，乱石崩云，激起浪千叠！正是一场怒浪与顽石的鏖战：怒不可遏的浊流攥成拳、聚成掌，以千钧之力直劈下去，恨不得一击拍碎山岩的额角、顽石的脑颅！其势何壮，其威何猛，其激情何等滔滔不绝，以万里黄河拔山盖世之力而击一隅十丈顽石，又何坚不可摧乎？然顽石有根，连山据地，以光头颅迎热米汤，屏息敛气，挺项凝神，崩然而粉碎者，浊浪四散也，而顽石竟无恙。如此，三番五次，轮流轰炸；经年累月，负隅顽抗；吾不知有何家仇国恨而使二位这般不依不饶、舍命相拼呢？此为一惊。

惊过之后，继而一笑。放过那些殊死拼搏的气概不讲，定神细观，就见出大自然鬼斧神工后面的滑稽了。偌大的一条黄河，浩浩荡荡开拔过来，黄河之水天上来，黄河远上白云间，多么庄严，何等气势！你怎么看也想不出这么浩大粗壮的一条河……它怎么能从这么窄小的一个壶口收拢过去呢？这不是和“牵着骆驼过针眼”一样难么？这不是和逼着大象穿短裤一样滑稽么？好笑就好笑在，它硬是过去了。过之前，它又吼又叫，又打又闹；过去之后呢，它倒反而平平静静，无声无息。那么伟大的一条黄河，竟和小孩打针一样岂能不令人会心一笑呢？

会心一笑之后，本来就应该“深思”一番，最终要总结出一些什么“人生的道理”才好。使劲想了想，没有。石头就是石头，河就是河。石头要扎根，河要流，不讲什么道理。硬要从中找出什么“哲理”，那是寻章摘句的老雕虫。老老实实地说呢，壶口就是这样一回事：黄河流到这儿，地上忽然出来个大窟窿，几丈之深，仿佛一张吸水的大口。看着那口不甚大，似乎吞不下那宽泛汹涌的浑水。

但是它竟然吞进去了。

城墙的故事

见到了许许多多的城墙，却没有见到修城墙的人。修城墙的人到哪儿去了？翻遍历史书，也找不见他们的名字。历史是他们创造的，然而历史却不记载创造了历史的人。

城墙，如此众多的绵延不绝、首尾相衔、环环相扣的城墙，装饰着、分割着、坐镇着我们的版图。大的城墙从山野间包抄过来，环绕着略小的城墙；略小的城墙从大的包抄中分割出一部分，去环绕住更小的城墙；更小的城墙承接起那种力量，又在包围住那些微型的、袖珍的城墙；而最小的家院高墙又反过来象征、概括了最大的城墙，形成了一套完整的城墙系列。

这就是“分封建制”的国家的含义，每一种规模的城墙，都代表着与之相应的封建特权。而气势宏大的万里长城，正是皇帝家的围墙。它们像蛇一样盘踞在中华版图上，大大小小的蛇，令人毛骨悚然。修建了这些城墙的人，恰恰是那些被盘绕的，这多么残酷！

想象一下，拿着鞭子的人驱赶着那些没有鞭子的人，在荒凉的地方没日没夜地劳作，饥寒交迫，父死子继，修建这庞大的与自己毫无关系的土墙或砖墙。他们修建它，是要荒芜了自己的田园土地的，是要丧失了修建自己的茅屋宅院的权利的，他们该是多么不情愿呵！据拿鞭子的吏讲，修建城墙是为了防御匈奴的，但是匈奴的马蹄照样断不了袭掠他们的家园，这又是怎样地让他们想不通呵！

长城就是这样筑起来的，如果你的祖先不是皇帝的话，你可以确认，长城是祖先们痛苦的纪念碑。长城有多长，我的祖先的痛苦就有多么漫长；长城有多重，我的祖先的苦难就有多么深重！

面对长城，我是不能、也不敢感到自豪的，我只能为祖先所受的苦难而揪心痛楚，我只能感到遗传的血脉深处他们沉重的一锹一镐挖在我心底的声音，我的祖先不是帝王，而是修筑长城之后尸骸无存的受苦人。在所有的城墙上，有他的血，他的汗，他的骨殖，长城啊，我的祖先是怎样地不情愿修你啊！

我恨那些帝王，是他们因为内心高度恐惧和空虚，迫使我们的先人修筑这毫无意义的墙，使他们死无葬身之地。而那些帝王，活着的时候圈地修墙，死了还要修筑巨大的陵墓，何等的霸道！何等的丧失人性！

帝王们的高度恐惧造成了劳动者的极端痛苦，历朝历代，莫不如此。面对着城墙津津乐道、如数家珍的那些人，如丝毫感觉不到这巨大的痛苦，可能是帝王后裔了。

所以，历来对长城，中华民族都有两种态度，一种是夸耀的赞歌，一种是凄凉的哀唱。夸耀的赞歌是献上宫阙的，凄凉的哀唱来自民间。

宋朝范仲淹有一首词，是唱戍边的。词云：

塞下秋来风景异，
衡阳雁去无留意。
四面边声连角起，
千嶂里，
长烟落日孤城闭。

浊酒一杯家万里，
燕然未勒归无计。
羌管悠悠霜满地，
人不寐，
将军白发征夫泪。

这样一支哀伤痛绝的悲歌，注者竟然说是“词中表达出了作者决心守边御敌的英雄气概”，还说“西贼闻之惊破胆”，真是指鹿为马，夸鸡是凤，吾不知世上是否还有“道理”二字可讲了。面对西夏，这位守长城的范长官的失败主义情绪是明摆的，无一句不是言败事、遣悲怀。连角起，孤城闭；家万里，归无计；霜满地，征夫泪……全是老实话，翻译成今天的话，全篇只是一句“不想干了”，哪里有什么“英雄气概”哟。假大空由来已久，阿Q精神不灭，这算一个故事。

还有一个孟姜女哭倒长城八百里的故事，代代流传，妇孺皆知。这是个民间的，整个传说都站在民间的角度，表达着民间的愿望。这是一个荒诞的民间故事，完全不真实。长城怎么可能被“哭倒”呢？哭倒也罢，怎么可能倒塌八百里呢？如此荒诞不经，但是人们却愿意相信，因为她表达了人民内心的真实。“哭倒长城”，这里流露的是何等深刻的仇恨啊！世上从来就有两种“真实”，不知道你需要的是哪一种？这又算一个故事。

故，过去之谓也。故事，过去的事之谓也。

过去的事有多少？我们哪里能记得清？“西宫南内，白发宫娥，一灯如穗，三五对坐，谈开元、天宝间遗事”，此故事也；“青门种瓜人，左对孺子，顾弄孺子，忆侯门似海、珠履杂沓之盛事”，亦故事也。老大帝国，城楼齿缺；斜阳草树，寻常巷陌。

过去的事已经过去，有千种史籍、万类经典、浩如烟海的卷帙文字作为我们这个种族的文化的骄傲、精神的重负。这才是真正的“故事”呢，我们被故事压得抬不起头来、挺不起胸来、迈不起步来，每一迈步，必会踩上先贤早就在那里埋好的思想的地雷！这些伟大的思想的地雷，埋设得是那样细致、巧妙，分布得是那样准确、合理，它总是能让那些后起的探险者无一幸免，它在精神领域里把你炸得个血肉横飞，人仰马翻，最终，乖乖地扶着城墙走回去，归顺到那座题着“内圣外王”的匾额的城墙里去。

望长城内外，惟余莽莽。

假如一个青年诗人自杀在长城脚下，我不知道这意味着什么？假如一群农民迁移到长城以外，我不知道这证明着什么？但是我每每望着北京的禁城，望着长城的废垒，望着所有残留着鼓楼、钟楼、旧城墙的城市，我都体验到一种古老的恐惧和因这种恐惧而来的禁锢——它不仅封闭了田野的生机、河流的活泼，也封锁了通往草原、群山、海洋和天空的翅膀。在充满了恐惧感的城墙之内，怎么可能产生强有力的奔放的史诗呢？怎么可能产生观察自然、亲近世界的伟大科举呢？又怎么可能产生音域雄伟辽阔、格调崇高优美的交响音乐呢？更重要的是，它没法产生思想，它没法产生伏尔泰、卢梭、黑格尔、马克思……以及众多的人类进步思想的伟大父亲！

城墙是思想的墓地。这可以算作是某种真理，在城墙的硬壳后面，思想不再是一个活泼有力的崭新生命，而是一具生满老茧的死肉。多么可惜啊，我们这个曾经充满了思想活力的民族，很久很久没有为世界做出积极的贡献了。那么城墙里产生什么呢？

产生这一类东西——享年八十四岁的乾隆皇帝，积一生之经验，总结出这样一套养生秘诀：

吐纳肺腑　活动筋骨　适时进补　十常四勿

十常：

齿常叩　津常咽　耳常弹　鼻常揉　眼常运
面常搓　足常摩　腹常旋　肢常伸　肛常提

四勿：

食勿言　卧勿语　酒勿醉　色勿迷

这就是那位处于康乾盛世顶点的、自称“十全老人”的乾隆皇帝所总结出的“思想”，这样的“思想”对整个民族的进步有什么意义呢？这种思想的高度，并没有超过任何一只乌龟的水平。

这就是城墙里的思想，它充满了恐惧。诚如伏尔泰在这段话里所说：“中国在我们基督纪元之前两百年，就建筑了长城，但是它并没有挡住鞑靼人的入侵。中国的长城是恐惧的纪念碑，埃及的金字塔是空虚和迷信的纪念碑。它们证明的是这个民族的极大耐力，而不是卓越才智。”

云冈的佛在微笑什么

圆满匀称的面貌和嵌入大黑石的眼珠，昙曜五窟的五尊高达十七米的巨佛，由于窟顶和前壁崩塌而重见光明的露天大佛……它们在微笑。

有人说这是东方的蒙娜丽莎神秘的微笑。西方的蒙娜丽莎是一位带着男性微笑的女人，所以神秘；东方的蒙娜丽莎却是略含女性微笑的男人，佛其实是融汇了阴阳的超人。从他身上，不仅可以使人感受到拓跋皇帝的蒙古人风采，也可以看到君临北中国的异族统治者的气魄。他们既是释迦的造像，又是拓跋皇帝的尊容，连大佛身上镶嵌着黑石头的部位，都正好是皇帝身上长痣的地方！

你不妨把这些佛像看作北魏皇帝的神秘而又自信的微笑。

这就是中国第一个征服王朝拓跋魏太祖以下五位皇帝的

大型石雕像。作为鲜卑骑马民族，他们跨越长城后，第一次面临这样的课题：怎样作为一个横跨长城南北的大国天子，把领内的鲜卑、乌桓、匈奴、氐羌、丁零等部族各部，还有没有部族制的汉族人融合在一国之内并对他们实行一元化统治？

有趣的是，起源于大兴安岭的这支游牧部族的诸位皇帝，竟毫无选择地迷醉于长城以内的汉民族文化，他们从各个方面承袭汉制，包括官吏体制、户籍乡里组织、土地制，甚至废除鲜卑语，禁止胡服、胡礼、胡姓……这些孩子！这些忽然间想当大人而模仿大人的孩子！

当他们睁大了眼睛羡慕成熟的时候，也毫不犹豫地把“活泼”“生命活力”和幼稚一起抛弃了。

对这场重大改革推行最有力的是孝文帝，为此他甚至不遗余力地把首都从北人聚集的大同迁至汉人更为集中的洛阳。

骑马民族以开阔的胸襟全力学习汉民族优秀的高雅文化，也包括士大夫陈腐陋习的同时，恰恰丢失了虽有过激粗暴之嫌，却充满生气和人性、洋溢着北亚游牧民族粗野刚毅气质的活泼精神。

这样，第一次进入长城的异族征服者，一方面成功地统治了被征服的人民；一方面却失策于对本族的措施，而终于导致瓦解。

鲜卑人作为一个民族，因为它的一度强大而消失，融进了北方汉民族的血液之中，成为北中国一部分人民眉宇之间依稀可辨的异族风采和精神。这是一支消失于北方的种族的河流，它曾在公元三百年至五百年期间水量充沛、汹涌澎湃。

由鲜卑人在历史上进行的这次统治中国的尝试，几乎是象征性地为以后数次游牧者的征服作了预言，即：越是强有力的持久的统治，就越容易被融汇得彻底。

梁任公有言："计自汉末以迄今日，凡一千七百余年间，我中国全土为他族所占领者，三百五十八年。其黄河以北，乃至七百五十九年。"他还列了一个异族年代表，从汉国皇帝匈奴人刘渊，一直到金国的女真人完颜阿骨打，历数十八国共八族，并不包括蒙古族人的元帝国和满族人的清王朝。在梁启超先生所列的表中，鲜卑人八次建国立都，建立了：燕、代、后燕、西燕、西秦、南燕、南凉、后魏诸国。然而，梁先生所列的表却无意中告诉我们这样一个事实：这些建国改朝的每个族落——匈奴、巴氐、羯、鲜卑、氐、羌、契丹、女真，而今已经没有一个存在了。至少是今天已经不能作为一个有影响力的民族存在了，所剩仅存，只是融汇后的零余。

相反，那些没有力量在中原建立国家政权的民族，反而在今天得到了保存和发展。

长城对于它的征服者来说，是危险的，是一种迷人的同时又是致命的诱惑。在这个界限面前，一切征服的尝试都必须冒着灭顶的危险，而且——越是强有力的持久的统治，就越容易被融汇得彻底。

这也许就是鲜卑人消失后留下来的一条最重要的历史

经验。

也可以说是历史教训。

那么，云冈的佛在微笑什么呢?

这是一种神秘的微笑。

这是东方式的并掺杂了游牧者情调的微笑。

我们不妨把它看作北魏拓跋皇帝留给后世的自信而达观的笑容，更不妨把它看作消融于北中国的曾经活跃在历史舞台上的鲜卑民族的微笑。

它们笑得那样优雅，那样居高临下，那样美，它们的微笑里甚至包含了一种对于后果和结果的茫然不知的单纯和乐观，这正是美的永恒魅力之所在——以一个种族的消失为代价换来的微笑，当是不朽的。

三趾马和马

白马非马。

三趾马却是马，不但是，而且还是马的祖宗、老祖先。

这的确是一个让人不太容易想通的问题，它干吗非得把三趾变成一个圆蹄子呢，难道是为了考虑到以后让人钉掌时方便吗？它要是真不把三四一十二个趾简化精练为四个蹄子，人还真没法子给它钉掌。据说仅仅因为游牧人发明了马镫，“当进入一千纪的时候，这些原始游牧民族突然变成了好斗的骑马民族”。

但是原来他们并不是这么好斗的，“欧亚内大陆的原始游牧民族在从前四千纪后期开始的近千年的漫长岁月里，在东起兴安岭，西至东欧草原的空旷而单调的环境中一直和自己的畜群一块，过着朴素、孤独、单一的和平生活。长时期被维持在如此辽阔的地域中的那种经济和文化的单一、同质状态，几乎根本没有什么年代差别和地域差别……这不能不使人惊叹，在他们住过的地方，只留下原来的炉灶”（江上波夫《骑马的民族国家》）。

他们突然变得“好斗”了，“他们抛弃了和平的牧民生活，开始以住地为根据地，专门向周围的民族实行冲击和掠夺，这一切是在怎样的时机发生的呢?”

大概是马镫和马蹄铁提供了这种自信力。

有了马镫，骑在马背上的人才有了下半部分的力量，才在颠簸的马背上抛了锚、有了根，才有了攻击别人的余力；而有了马蹄铁，才使骑马的人在奔驰中听见了进军的鼓点，才感到了自己震动大地的强劲力量。

而这，全靠着几乎是上帝的赐予，让三趾马奇迹似的收拢了它的三趾而攥紧硬化成一个铁蹄！三趾马绝不会料到，它这一变，在人类世界历史上，造就出一代代的“骑马民族”，而且因为它，因为骑马人的冲击、掠夺，造就成了这道拦洪堤坝一般的万里长城！

整个人类的一部漫长的古典时期，战争的冷兵器时代，就是一部马的耀武扬威史！是马驮着人类走过来的，也是马推进了人类发展的进程，“柳营春试马，虎帐夜谈兵”“哀鸣思战斗，迥立向苍苍”这是咱们农耕诗人心目中的马，威而不猛，有一种旁观者的用来装饰的情调。游牧人就是另一番味道了，在游牧人至高的经典《古兰经》里有这样一节关于马队的诗篇，真是写尽了马的残酷和游牧人的灵魂——

以喘息而奔驰的马队盟誓，
以蹄发火花的马队盟誓，
以早晨出击，
卷起尘埃，
攻入敌围的马队盟誓，
人对于主，确是辜负的。
他自己对那辜负确是见证的，
他对于财产确是酷好的。
难道他不知道吗？当坟中的朽骨被揭发，
胸中的秘密被显示的时候，
在那日，他们的主，确是彻知他们的。

两种人，农耕人和游牧人，在他们处于幼年时期的时候，就像两个孩子，他们顺手抓住了一件大自然送给自己的礼物，毫不犹豫，也决不深想。一个孩子抓住了牛，另一个孩子拽住了马。这两个孩子绝没有想到，两件不同的礼物后来那样大地改变了他们，影响了他们，在几千年的漫长时期里左右了他们！几乎可以这样概括，以长城为界限！无论是生产方式还是心理素质，无论是政治、经济、军事，还是宗教、文化、艺术，两边都无不染上鲜明的不同“礼物”的色彩。

长城里边那个孩子，驯化了牛，也被牛驯化了。他坚韧、有耐性，吃得起苦，受得起劳累，索求不多而贡献一切；他强壮有力，不言不语却内蕴丰富，他从不张扬自我，不主动侵犯别人，他的双角纯粹是一种防御，甚至连防御的功能都退化了；他是一种稳劲，崇尚扎实，但也失于缓慢、笨重；他虽然力大无比，身躯粗壮，但总是把自己看得很低，很渺小，很容易服从。据说牛眼睛里看到的东西都是放大的，他看什么都比自己大……

长城外边的那个孩子抓住了马，他驾驭了马的时候也难免不受马的驾驭。他迅疾，灵敏度高，无牵无挂，喜欢合群；孤独的时候，他是多情的，美丽忧伤，但是一旦成队成群，他的多情就变成了激情，亢奋、猛烈、急躁，一种渴望奔跑的欲望被群体的力量所鼓动、裹挟之后，便产生横扫一切的凶猛的攻击精神；他是情绪的产物，群体的召唤很快可以使他达到高潮，飞扬跋扈，不计后果。但情绪是短暂的，缺乏持久力，这是一种迅猛而轻浮的爆发力。

从个体来说，马更自由散漫，接近艺术，牛更稳健扎实，近于政治；但是从整体来看，马却更具有集团性，更容易在整体的带动下共趋一个目标，而牛反而显得固执、倔强、行动迟缓，各自的独立性太强。

这么说，长城不就成了分隔开两种牲畜的拦墙了吗？

当然不是这意思。只是用这两种与人的生产方式、生存状态最直接的动物，说明或概括长城两边不同的生存和心理。不要小看了这两种“礼物”在漫长的与人互相依存中对人的塑造和潜移默化的熏染，它们在被人驯化、改造的过程中同样深刻地影响了人。它们巧妙地充当了大自然派给人类的早期启蒙老师，在幼年时期，它们有力地影响了这两个孩子，直至很久很久以后，直至今天，这种影响的影子依然没有完全褪尽……

今天的马已经从战场上退役，牛也从田亩中退居二线，长城已不再具有实际的价值，在它颓倾湮埋的时候，它成了整个精神文化历史的载体。我们已经有足够的跨度和余力来研究琢磨以此为界所发生的一切了，从各个方面，包括山川、种族、民俗、商旅、宗教、城郭等，当然还有审美。我们的民族正是在这样截然不同的两种力量的长期矛盾、冲突、交融、汇合当中生存发展过来的，如果说她有什么与别的国家民族相比起来非常特殊的地方，如果说她为什么能成为一个版图和人种一直延续数千年的罕有国度，答案就在这里。

答案就藏在长城里。

答案就在以牛和马为象征的两种力量的、以长城为界线的冲突和互补之中。

为此，当我在长城脚下、太行山深处，在我的老家榆社县的博物馆里，第一次看见了马的祖先——三趾马头骨化石时，我惊异极了，我完全没有料到，它竟然是那样的精致、优美。

它是完整的，如玉的。

它的整个头颅在被时间彻底石化之后，完全丢弃了枯骨原来具有的丑陋和恐怖感，而是成了一件远古留给今世的稀有艺术品。它的晶莹、光润，显示了令人不忍抚摸的高贵和美。

我无法想象，三趾马的头型竟是如此精美绝伦，它仿佛是鹿头与马头的巧妙融合，仿佛是今天的所有骏马无法企及的。

它静静地坐落在玻璃柜里，反射着来自各个角度的光芒，像一尊奇迹。它使你不敢相信它是从土里发掘出来的，而应是从星空里降落下来的。

它依然是那样自信。

它似乎永远不能相信生命会消失，世界会消失……它不能相信生命战胜不了时间！

堠的独语

我不荒凉
让谁荒凉

我之荒凉不仅是伟人晚年的荒凉
在黄土高原岁月荒凉的额顶
我是一道
单纯而且深刻的皱褶

我之荒凉也不仅是奴隶一生的荒凉
在所谓西部而今荒凉的腰际
我是一条
复杂而且自然的印痕

我是那么短暂
唐诗里的名句还活着
我就老了

但是我不哭
我一口气活了三千年
铜钟纸币
秦砖汉瓦
七色英雄
各路人马
我都见识过啦
繁华离我远去
荒凉与我同在

我站立着
我已残缺
我残缺着
我仍站立

我是中国的
一根
不合尺寸的腰带

长城可以什么都是，但它不是诗。

它猛一看过去简直太是诗了，它盘绕在崇山峻岭上的雄踞和蜿蜒就是诗行，它的起伏和扭转深含韵脚和律动，它的警觉及颓败均怀隐喻和对称，还有它的含义悠远无穷，还有它的形象鲜明而沉默不露……全是诗的品格。

它不是小说，不是散文，更不是所谓的散文诗。是戏剧吗？

它不是舞台，而是墙。

但是万里长城却永远不是用诗可以表达的，过去没有过，今后仍然不会有。历史上有哪位诗人面对长城写出了与之相称的诗呢？没有。我们的历代诗人中，诗仙，诗圣，诗鬼，诗怪，诗神，诗的奇才、大师、巨匠层出不穷，然而没有一个动过念头敢于直面长城写出浩荡万里的伟大史诗。他们甚至已经明智到了尽可能回避写长城的地步，仅这一点，就不能不令人叹服历代诗人的高度自知。

他们敢写月亮，“江边何人初见月，江月何年初照人”，神悟得让人难以置信。

他们敢写大江，“无边落木萧萧下，不尽长江滚滚来”，几乎一笔画出满篇秋色。

他们写黄河的名句就更是耀眼，“白日依山尽，黄河入海流”“大漠孤烟直，长河落日圆”，这些用最简单的字创造出的完美意境，是任何一位不懂汉语的外国人所无法想象的。

但是几乎所有的天才，都没有用他们的笔墨去涂抹长城。也许他们早就明白，面对一部本身就已经是伟大史诗的巨构时，任何诗的笔墨，都是多余的。

长城是无数人在许多朝代用一块一块的砖垒砌成的。旧的砖坍塌了，又补上新的！

也许他们知道，自己所能做的，仅仅是一砖、一堞、一处烽燧、一垒台墩，无数人在许多朝代创造的精神砖堞的总和，才是东方古代文明的长城！

在对这一点的早识和明智上，我是远远逊于前辈的，我表现了无知与迟钝。当我沿着长城奔波辗转了将近五个月后，我内心不禁渐渐升起一个怯生生的狂妄念头，“应该写一首，不，写一部关于长城的诗”，我这么想。

之后某一天，我妄图实践一下，就写了上面那么几十行，写出来一看，糟透了，于是立即停止，我明白了这无疑等于以卵击石。

我之所以把它抄录出来，是为了羞辱并警诫自己。只要看到它那碰碎的鸡蛋蛋黄流淌的可怜样子，我就感到在长城面前的战栗。

长城可以什么都是，但它不是诗。

“它是无法表达的……”

黄土高崖

那天，我活了四十多年第一次站立在陕北的厚土高崖上。我本来是为着寻一处最早的长城遗址，不料那看着不高的塬竟像是没有尽头，一塬未尽，更大更高的一塬又起，塬塬相套，绵亘不绝。它仿佛是无休止地向天空接近，却又永远无法成为天空的一部分；一眼看去，它是那样浑厚地隆起，毫不俊俏高拔，但是上着上着，你却突然大大地脱离了平川。

积雪仍然大面积地杂驳在塬上，塬垴上有时呈现出一片谦卑的村庄，村庄里的道路像稀泥露出的牙床。

老人显得非常陈旧，他们的眼神和表情也同样显得陈旧。狗像一些用了几十年的破旧棉花网套，鸡像扔在土墙边上会动弹的鸡毛掸子。水窖上浮着一些败叶，个别表情凝重的山羊用钓鱼爱好者的眼光盯着它们。

长城遗址已经凹陷成一道寂寞的土巷了，夹拥着它的是两户农家的矮土墙，墙上有一些矮枣刺。这些住在长城上边的人家十分宁静，丝毫不认为生活和考古有什么关系。

地里随手可以捡到破碎的古陶片、秦砖汉瓦在历经无数次犁铧的耕耘后，犹未还原为泥土。

一座不知哪个朝代的、也不知纪念谁的将军庙，荒芜在一个孤立而险峻的巨型土柱似的山顶上。将军庙窗门洞开，碑倾砖颓，杂草丛已成为野鸽子的首都。这么四面空绝的山头上，谁知道庙是怎么修过去的？

那天，我转过了几座山塬，心里有大量空洞麻木的感觉升起，它们游移、碰撞，在心灵深处发出迟重无力的钝镐挖冻土的声音，使人感到无法产生思想。恍若肩膀上被移换成了一个类人猿的头颅，什么都想不清了，什么都丢失忘却了……只剩下空洞麻木，两条腿不自觉地向前走。

远远地看见一个农民，他先是蹲在地里，然后站起身来，远远望着我。这是唯一的一个目标，我朝他站立的那个塬尽头走过去。我走过去，近了。我看见他丝毫没有表情地笑了一下，用手朝前面指了一下。

我又朝前走过去，忽然发现眼前呈现出一座惊人的黄土高原大峡谷。而我，正站在一个黄土高崖顶上。我的目光像两只跌扑进空谷里准备起飞滑翔的老鹰似的，被巨大的惊心动魄的大峡谷揪下去，欲起不甘，欲下不能，心也随着往下沉落。由于完全没有准备，也由于麻木，我被这突然呈现的、如此大气磅礴的地貌景象给镇住了——

大地仿佛在它最厚的地方无声地裂开了，把它内部难以置信的真实展示给你看。又仿佛是远古神话里的什么人物，譬如共工之类的神，一斧头劈在了这里，留下这道大伤疤至今没有愈合。

它令人想起“鬼斧神工”这个词。

千丈断崖在峡谷两边耸立、对峙，犹如用清一色的雄浑褐黄所堆积塑造而成的大型雕刻。它的险陡，它的色泽的纯正，它的背景的绵亘万里直铺天外，几乎壮阔得有了不真实感。如果不是因为它已经是真的，那你有权怀疑它是假的。

四周全是绵延的黄土山冈，大地的肌肉、筋腱，厚墩墩、瓷匄匄地皱着叠着拥挤着鼓胀着紧绷着在一起，宛如向天空表演健美。当然更像一群巨大的黄色公牛，拱起坚实的脊背、强硬的粗壮脖颈。

空谷里，飘风在寻找旋涡。好像一股轻浮浪荡的水流，相处漂游，然后上升，把峡谷上空浓稠如牛奶的阳光稀释成浅蓝灰白的液体，清冽地均匀泼洒在起伏的山峦上。

从这个令人眩晕的高崖俯瞰下去，黄土崖壁陡阔的大断面一层一层，宛若大蛋糕的切面，褐黄温厚，似乎还有一点毛茸茸的质感，是一种厚壤的踏实可靠的险峻，掉下去觉得摔不死。

峡谷底部开阔的几十公里黄土沟涧和坦荡滩地上，一条看起来细小弯曲的河流在浅蓝灰白的天空下闪着亮光。它是那么细柔、幼小，却含有风尘仆仆的劲气，带着不同凡响的力度；它搁置在周围如此巨大雄浑的背景里，居高望去，像一条发亮的游丝或是穿越戈壁的发光铁轨那样，弱小而又坚定。

“那是个什么水？”我指着它。

“黄河。”农民低声回答。

黄河？啊，怎么能是大名鼎鼎的黄河呢？黄河怎么可以就这么无声无息地从这里走过，没有仪仗队，没有欢呼？而且看起来黄土高原抖一抖肩膀就能堵住它的去路，把它填平……但是伟大的黄河却像蛇一样在波涛起伏的山岭间逶迤，它是那种藏有巨大生命力的活物，它在亿万年堆积而成的黄土厚层中扭动着身躯，坚定地向东运行，仿佛急于赶去赴海的约会。它一路上折叠了平原，挤弯了村庄，劈开了山岭，推开了巨石……谁能挡得住它呢？它一路上一边走一边成长，从淙淙泉溪长成青海少年一般的活泼的小河，从小河长成具有号召力的青年领袖似的宽阔雄壮的一脉大水，从大水长成经历艰苦曲折而终不改暴躁豪直本性的中年汉子似的……北方的河！

但是最后，它长成了我们苦难民族的母亲。这条河经历了人生的全部阶段，变演了从绿林好汉到苦难母亲的正负两极，它真是够包容、够概括的了。

现在它正在大峡谷里闪烁着，光！

“妈妈的心呀……鲁冰花！”

我想起这支儿歌，才觉得这歌其实是唱黄河的，黄河是应该用这样一种情调唱的，它是应该有这样一种细柔、弱小的形象在里面的。

呵，高崖阔壁，深沟巨壑；

呵，饥鹰下掠，樵夫半悬。

这时只有一条细细的、发光的小蛇，逶迤爬行在大裂痕的底部，它还有很远很远的路，它，也是黄河。

击壤歌

在“京畿藩屏”的娘子关内，在使“名将之花凋落”的太行山深处，在“以平定煤铸太行铁”的烈焰腾腾的太原城，在产生过赵树理、陈永贵的土地上……一切隆隆的现代化的脚步都遮不住一支苍劲古歌的悠长声调。

那是一个用土块敲击大地的老人在远古的年代里唱出的歌。它回响，成为山风掠过峰峦时发出的声音，也成为浑浊的河流经过成熟的庄稼地时的喑哑的笑声，它仿佛成了这土地的一部分，永远同在。那老人是这样唱的：“日出而作，日入而息。凿井而饮，耕田而食。帝力于我何有哉！”

这支歌就写在几乎你遇到的所有人的脸上，就谱进了所有山西人的口音里，还有他们的表情，还有他们的习俗，全都隐约呈现着这支古歌的风范。“有老人击壤而歌”，真是令今人做梦也想不出来的淳朴和绝妙！这正是一幅先民的图画，古老农耕民族的宣言。不少年而老人，不击筑而击壤，万世悠悠之下还可以想见那憨厚的老农活生生的模样。

那老头儿——我弄不清他叫什么名字，姑且叫他“农”吧。

先古时期一切从简，连名字也只需要一个字，不像现在，光邮政编码就厚得顶一部《永乐大典》。“农”不只是代表了农耕民族成熟的印象——农耕民族崇尚老人，因为耕耘和农时依靠经验，而游牧民族更需要体魄，故崇尚青壮年；“农”那个老头还是个哲人，他坐地而歌，仰面而唱，以大地为坐盘，以日行为观象，把自己和天、地的三足鼎立关系一举确立下来，表达了由我们的先祖和数千年的生产方式所造就的世界观。这种农业民族的世界观早就在老人的击壤而歌时确立，溶化在血液中，落实在遗传里。

世界观是个今天常用的词，但是什么是“世界观”呢？人说，世界观就是对世界的看法，不错，那么世界观是怎样形成的？人又说，教育、学习和引导。这答案顶多只对了一小半，因为他忘了或者压根儿就不知道，在他的灵魂深处，在他的意识深处，甚至还可以说在他的血脉深处，那个老头“农”盘坐着，活着，顽强地决定着他对世界的看法。

那个老头儿——他在唱《击壤歌》，你千万别忘了他，我也千万别忘了他。他正坐在古老文化的源头，生活俭朴，头脑单纯，俯视天地，气魄浑厚。他是那么一种世界观和人生观，像黄河源头的细流一样，单纯而有力，充满贯穿一切的能力和信心，像神祇一样。

这才是一个真正有决定性影响的神呢，虽然没有供在佛龛里。

任何一个现代中国的汉族人，如果他很轻易地就认为自己的世界观已经完全归属于出生在特里尔城的犹太天才马克思的话，那他就太过于轻视“世界观”这三个字的分量了。

若是不信，你就听听“农”那支歌的最后一句，轻松自信极了，仿佛在威胁和警示一切人。

他说：“帝力于我何有哉!”

第三辑：每一个早晨都不一样

人们是被清晨唤醒的，晨光的手拨响每一座梦境的门铃，早晨一视同仁，从不会遗漏。于是，黎明即起，洒扫庭除。于是，操拳舞剑，舒展筋骨。于是，市声喧响，提篮购物。

——《每一个早晨都不一样》

他正在案头冬日写作，他家的小猫爬上他的肩背，他仍旧写他的东西，任猫卧背。这就是丰子恺，首先是个活菩萨，然后才是书画家。

——《童心丰子恺》

自画像：从帽子说起

戴帽子可能越来越成为历史遗留的习惯，而且这习惯正在大面积退缩，成为某些地区、某些季节的遗习。现代人的思想解放了没有不知道，脑袋顶上首先解放了。四季光头顶日月，各类帽子，已成文物。

试想“冠盖满京华”那时候，没有一顶像样的冠肯定是混不成的，弄一片布裹头，很是没身份。帽子是身份地位的象征，皇上的帽子最讲究，官员一级一级次之，老百姓顶个尿片子。

现在社会进步了，头上看不出什么了，“冠”的时代结束了，即使在军队，不是非常隆重的场合，不要求戴军帽。作为纪念品，我的书房里摆着三顶军帽：解放帽、钢盔、大檐帽。这是我从军近三十年的纪念，它们各代表了一段光阴。解放帽最亲，国防绿，一颗红星，那时候多少年轻人被它迷住了。它简洁，它青春，它最有中国味儿，当时好多外国友人也喜欢弄一顶戴在脑袋上。那身军装，老的穿了显年轻，年轻人穿了显成熟，堪称简洁朴素的极品！

钢盔是老山前线两个月戴过的，大檐帽是八五年换发的，后来有了贝雷帽，就是这幅自画像上的。中国人的脸型不适合贝雷帽，戴上像厨师。欧美人长脸、高鼻，歪戴贝雷帽，有股调皮劲，很帅。我们是大中华脸孔，头圆，面平，不敢歪戴，帅不起来。

还是怀念解放帽，红军的传统，中国人的风采。那真是堂堂正正、朴朴素素、一表人才！

父 亲

父亲对每个人来说，都应该不是一个词汇，而是一团扑面而来的血统的气味，一座属于你的伟大的山峰，一个永远无法用理性去分辨是非的感性的百慕大三角，一位上天委任给你的命定的神……你无法挑剔，也无法选择。你的魂魄在茫茫宇宙间微粒般飘荡遨游，无根无脉，浑然不知；但是你将因为他被显影，你将因为他被捕捉住，被固定下来，被囚禁在母亲幽暗温暖的子宫里，等待重见天日的时刻。

父亲，就是赋予你生命的人。

但是你却从来没有感谢过他。

你反过来占有了他的精力，剥夺了他的时间，消耗了他的生命，可以说，你毁了他的一切，而且，你还任意地埋怨他，利用他对你的爱泛滥自己的粗暴和任性。

难道，世界上还有比这更不合理的事吗？

只有父亲，可以这样。在他强大的时候，他庇护你、容忍你；在他衰老的时候，却耻于依靠你。而且，在人们不约而同地把一切美好的颂歌、养育的恩德奉献给母亲时，父亲微笑着，觉得理所当然。他丝毫不觉得自己也应该享受一点，常常是他倒觉得自己做错了什么。他完全不知道，在这一点上，他无意中又表现了真正男性的襟怀和品格。

我爱父亲。虽然我平常最恨他。

虽然每次和他在一起都免不了争吵、埋怨和发火；虽然他看不惯我尾大不掉、放任不羁的作风，我也看不惯他的主观、固执、农民式的自私和对权力的崇拜。

像许多人的父亲一样，我的父亲完全是现实人生舞台上的彻底失败者。但这并不妨碍我对他的爱，更不妨碍我对他无条件的承认，他是任何人也不能替代的。自我成熟以后，我就从没有羡慕过那些有着显赫父亲的人。

父亲是一个失败者，虽然他从不认账。

在吉木萨尔的几年间，正是他失败人生的辉煌顶点。但是他并没有自杀。

我当然知道，他是为了我们。

多年前，当我坐在那个村口的大石碾子上吸烟的时候，有一个纯种的农民正远远地眯着眼朝我看。然后，朝我走过来，一直走到很近，站住了。

那农民穿一件黑布棉衣，戴了一顶破皮帽子，手里提着个筐子。

我看见了那个注意我的农民朝我走过来，但没在意。我在想，大概就是这个村子没错，还得打听打听，究竟住哪儿。

那个农民站在离我很近的地方，竟伸着脖子弯下腰凑到脸前来看我，而且，笑出声来！

咦，奇怪。我定睛细看面前的这个人。一张完全陌生的农民的脸孔在几秒钟之间骤然变幻，风霜雨雪，皱纹白发，劳累痛苦，希望孤独……几年分离后的风尘变化，在几秒钟内被揭开，剥去，还原，定格。

定格为那个原来熟悉的父亲。

“爸爸！”我一跃而起，高兴极了。

“信上说是这几天回来，我就每天到村口上打望。今天看见有人坐在石头上，可是不敢认。哈哈，果然是！太好了，太好了。”父亲说着，抄起筐子就领我回家。沿着满是残雪和牛粪的村子，一直走出去，离村不远处有一座孤零零的屋子，正冒出笔直的灰白炊烟。

朴素的柴门院落，孤独的土坯泥屋，在乍暖还寒的天气里默默升空的烟缕，我的脚在雪地上“咯吱咯吱”地移动着，跟着父亲，像很久很久以前小时候的某一天一样，朝着那里不知不觉地走过去。

我对这座陌生的屋子充满了信赖。这就是这个寒冷的世间唯一可以让我得到温暖的地方。这没错儿，父亲不会错。这就是家，家就是父亲居住的地方。无论这地方被安置在哪儿，是石家庄还是北京，是乌鲁木齐还是吉木萨尔，我都将跟随它，寻找它。无论它是楼房地板还是土屋柴门，我都用不着敲门，用不着征求主人的意见，我有权不看任何人的眼色，睡觉、吃饭！

我父亲就这么一边拎着筐子朝前走，一边扭头来和我说话："村干部给调换了一家上山挖煤的人的空房，借给咱们暂住，条件好多啦！"我跟着他，看着他的背，觉得有一股说不出的纳闷、奇怪。人的这一辈子是怎么过都能过去的，什么样的命运都能接受，什么样的生活都能适应。但有个前提，就是不能有太多自己的思想，谁有独立的思想，谁绝望！

父亲是一个普通的人。所谓普通人就是那些没有力量支配现实社会的人，就是只能受现实社会的各种力量支配的人。

多少年来，我总是力图以不含偏见的立场来认识父亲，解释他的行为，总结他的一生。结果我发现，根本不可能。我总是由于他在现实中的失败而低估他，而忽视了他作为一个人在本质上具有的优秀品质。我无法认清自己的父亲，谁叫我是他的儿子呢？

看着眼前的这个提筐子的人，我就想起少年时在机关院里与一群顽童舞枪弄棍鏖战正酣时，突然出现在楼前怒喝我为"疯狗"的人；想起星期天逼我帮他冲洗全家无穷无尽的衣物，水寒刺骨，手冻通红，而他不把最后一点肥皂沫冲净决不善罢甘休；还想起那个原先穿军官制服尔后穿中山装干部服最后又穿上农民黑棉袄的人；而且想起曾经风度翩翩然后神态庄重终于苍老迷惘成现在这个样子的父亲……我看到，从说话的声音到走路的姿势，还有身材和五官，还有习性和灵魂，我都酷似他。我悲哀地发现，无论是成功或是失败，无论社会环境是有利还是不利，我都摆脱不了他给我的模式，摆脱不了他对我的一生所注入的遗传基因。

我将一天比一天地趋近他，越来越酷似他，直到有一天，彻底成为另一个他。

新陈代谢，世道循环，如此而已。

所有的新叶和新花，都不过是上一代的花叶在新的季节里的翻版罢了。觉得新鲜，那不过只是“觉得”。

就这样，我已经远远望见柴门外站着一个又瘦又矮的女人。那就是父亲的妻子——我的母亲。母亲也望着，朝我们走过来，一边走，一边用她的手擦眼睛。待到走近，她只叫了一声我的名字就哭起来。

在早春无望的寒冷薄暮中，母亲的哭声使人心碎，并且使碎了的心渐渐凝固成一块水泥疙瘩样的硬。

漫长的冬天使母亲的头发变得灰白，炊烟般在冷风和哭声里飘散，在多皱的额顶纷披；而母亲又是那样瘦小，那样善良。

这不是逼着这位瘦小女人的儿子怀恨在心吗？我想，我们虽然四散他乡，无立锥之地，却在默默忍耐中滋长着仇恨；仇恨像卵石一样，暗藏在心里，总有一天伺机报复这冷酷的一切！不信，你等着。

我似乎很平静地笑着，却本能警觉地回过头来，环顾了一下周围：空无一人，只有野地里凄凉的枯树，向空中伸出无望的指爪。只需要一眼，我就把这景象记住了，再不会忘。

当我走进家门的一瞬间，我听到，黑暗像幕布一样，“唰——”在背后骤然降落。

——节选自《吉木萨尔纪事》

娃 儿 们

大地苍老的皱褶间，群峦闭锁的荒沟里，娃儿们都长得一个个方头大脑，清眉朗目，活似穿了穷人衣裳的小仙童。

大眼睛，眼珠黑黑地望着你。望得你心酸，望得你惭愧，望得你心里直想说："娃儿啊，让你受苦，是我们这些叔叔对不起你……"嘴上虽然没有说出来，心里却有一股热浪翻上来，搅得人难受。望着那一双双望着你的眼睛——小孩子的大眼睛，你看见了自己的童年。

娃儿们却不在乎，他们自由自在惯了，满身泥土也惯了，新生命的欢乐还来不及顾及周围环境的潜在制约呢。他们正天真着，双眸像一对亮闪闪的镜子，正熟悉着泥土、村舍和山峦，还没有被尘土弄脏，变得昏暗。

但是现在他们有些好奇，这些娃儿们，对这些坐在日本面包车里的人，感到新鲜。

是对什么更感到新鲜呢？是对这辆风尘仆仆却依然不失豪华的面包车吗？是对穿风衣、戴墨镜、不喝水却喝罐装饮料的这些人吗？还是对空调、录音机里的怪叫歌曲？

总之，娃儿们望着，好奇、陌生，远远地围观着，但不敢走近。

你看着那些孩子们，就像看着自己的童年，那不就是你吗？方头大脑，清眉朗目，在黄土山峦的陪衬下，小小的生命东张西望，黑黑的眼珠儿灵活转动，小生命，你多么美好！多么勇敢啊！你纵使是不敢走近，但你仍然还是不知道什么是害怕呢！世界有多大，怪里怪气的东西有多多，你怎么能够想象得到呢？你可能只知道怕鬼，怕夜里身后的影子追你，你还不知道世上比鬼让人害怕的东西多着呢，鬼算最老实的啦。

这时四月的骄阳热扑扑地滴下光芒，蜡烛油似的，滴在黄土地上，仿佛就能砸出一股黄烟。村边上的鸡都蔫了，羽毛不似往常熨帖，连体积也缩小了一倍。

光屁股的方头大脑的娃儿们望着，车里的人歇在树荫下喝起易拉罐。仰起的长脖上，一个喉蛋蛋忽上忽下，动弹得起劲。喝完了，把罐罐从车窗上递出来，“给——”大一点的娃儿们就抢走了。

一个最小的，大概有三岁。他妈抱着一个更小的，远远圪蹴在山坡上，让他拿罐罐。他是胆怯的，惶恐而又有些羞涩，他站在外面，孤单地望着。

他显得那么孤单而又超常的自尊，你注意到他，看到有人专门把一个空罐放在他手里。他拿了，朝母亲那边走，没走几步就被大些的娃儿们抢走了。

他也不哭，仍然站在那里，孤单地望着。

你觉得那是另一个自己，弱小的、永难完成母亲的使命的一个小躯体，影子比人长出去好多。你对那娃儿说："过来，到这儿来。"他有点不太敢，望着你。

"过来，娃。"你打开一罐饮料，说："我喝一半，你喝一半。"

他不说话，看你喝了一半，他接过来端在手里，不敢喝。"喝吧。"你说。他迟疑地往洞洞里望了望，小心地喝了一口。

"怎么样？"

"甜呢。"那娃儿的脸上漾出笑窝来了。

嗨，娃儿们，这些土地的精灵乡下的孩子们，这些光身子的小走兽，这些眼珠乌黑的新生命们，有哪一点儿比不上城市里的孩子呢？应该说，比起城市里梳洗收拾得过于洁净、娇惯的那些人造娃娃们，他们反倒显得更健康、更自然红润、更有生命的气息。

穿了穷人衣裳的小仙童，体格好，脑袋大，眼珠黑。品种是优良的，生命力是强健的，智力也在眼珠里灵动。但是仅仅因为投生在这贫穷偏僻的山丛中，孩子们，你的一生就将是被命运注定了的。这难道是公平的吗？哲人说过"人生来就是平等的”，谁说的？

一个五岁的小女孩，胆子大。她上到车里来，屏住气，参观这辆车。车上一个最聪明的叔叔开始逗她，和她开玩笑，给她出洋相，可她一句话也不说地严肃地看着他。

“你怎么不说话哇？”聪明的叔叔说。

她望着他，一脸大人的表情，过了一会儿，她突然对他表态了，她说：“你愣着呢。”她的看法如此出人意料。娃儿们的心思同样是难以猜测的，谁知外界的事物在他们心灵上留下了什么样的影子呢？

孩子们都是可爱的，但是岁月将把他们捏造成什么样子呢？

你永远看着娃儿们的眼睛！

那——才是通向宇宙深邃核心处的永恒的黑洞！

童心丰子恺

丰子恺先生是画家、书法家，也是很优秀的散文家和翻译家。这位弘一法师的弟子出版过《护生画集》《儿童漫画》《人间相》等几十部画集，广受欢迎。

吾观之，丰子恺之所以画好、文章好，关键在有童心童趣。葆有健康完整的自然情态，才能养就大师眼光。你看丰子恺吧，字拙。扭扭捌捌，不像书法，只像写字；不似人家那些书法家有讲究，这体那家，飞龙走凤。但是你学一下丰先生的字，硬是学不来，拙后面藏着境界呢。再看丰先生的画吧，画简。简单极了，一棵树，一条船，一个人，黑白无彩，寥寥数笔。和人家那些正经画家比起来，简约甚至于寒碜，和儿童画差不多。可是那画却是人家丰先生独有的，风格鲜明，幅幅都是自己生出来的。这么一来，又不好比了。至于他的散文，拿到今天看，也没几个人能比。丰先生浙江桐乡人也，他的故居我也去了。有一幅照片极能传其性情，他正在案头冬日写作，他家的小猫爬上他的肩背，他仍旧写他的东西，任猫卧背。这就是丰子恺，首先是个活菩萨，然后才是书画家。

我喜欢这幅照片，就试着画，一画，还挺像。大喜过望，画画之乐趣亦在于此矣。可以寄情趣，可以养性情；聚精会神，提气定睛；移万物于纸上，赋幻觉以成形；当其提笔，忧思皆忘，及至画出，海阔天空。一不求当画家，二不求售万金，何愧之有？关门独家乐，万事不求人。

荷及白菜萝卜

中国画之传统，松竹梅，这是雅士传统。岁寒三友，讲究的是逆境中坚贞的品格。画虎画鹰，这是帝王将相的传统。天上飞的，山林卧的，总之自认为是最厉害的。富贵牡丹，松鹤延年，当然是富贵人家的专属。杨白劳家我估计不挂牡丹，艳得刺眼，且与陋室不称。所以说，传统的中国画里已经被赋予阶级含义。

荷是文人。

“叶上初阳干宿雨。水面清圆，一一风荷举。”这是周邦彦写荷的名句。此为闲话，按下不表。

自有湖南人齐白石六十学画，画些个白菜萝卜，小鱼碎虾，蝌蚪黄鸡，蜻蜓蚂蚱，其伟大的人民性毕现！以俗物入画，登大雅之堂，齐老先生这个田舍翁实实在在是给中国画注入了鲜活质朴的生气！

难怪留法归来见过世面的徐悲鸿要恭恭敬敬请这个老石匠当教授了，徐悲鸿见过世面，慧眼识真人，格外知道齐白石了不起，因此演出了美术史上一段佳话。

画画也是需要胆量的，齐白石就有这个胆量。你想，人家都画松竹梅荷、鹰虎牡丹，你一个乡下人，跑来画那些菜市场上的东西，岂不是等同贩卒，有辱“美术”？这简直好像是焦大醉闹宁国府嘛，让贾政之流说就是“成何体统”！

然而，齐白石弄成了，一扫画坛风气，成了大师。大师是怎样炼成的？大师就是这样炼成的：有平常心，有包天胆，有千手千眼。

没有学历的人照样当教授，人家有真本事。没有“文化”的人创造了文化，用人家的白菜萝卜、小鱼碎虾。

动静话东坡

我一直觉得中国画有一些毛病，当然这只是行家以外的观感，不足为论。中国画画人物多取静态——我说的是古代，新文化运动以来的不算，少有生气勃勃、充满活力的作品。若画名人雅士，则更静。非寒江独钓，即深山对弈；或踏雪寻梅，或花间品茗。雅则雅矣，却是满纸凄清，一派遁世避世的消极情调。尚静制动，此大病也。何如西方油画之重人体、尚动态？画自然则《九级浪》，画人物则《萨比尼妇女阻止罗马人与萨比尼人的战争》，还有那个雕塑《拉奥孔》，总是让那些人物在尖锐的冲突中动到极致，展现人的力量和勇力，从而折射出人物的内心世界。

为什么我们中国画就如此寂静呢？莫非我们中国人本就是这么好静吗？不然，只是历朝历代的封建统治者及其宗教、文化的帮闲希望大家静下来，别乱动，以保持现状。保持现状就等于江山永固。

不久前看到马士英先生一幅油画，是画苏东坡的，一改静态，飞腾跳跃如芭蕾舞动作。大为欣赏，敢如此表现苏东坡的，我是第一次见。

苏东坡是个爱动的人，你看他的那些“乱石崩云，惊涛拍岸，卷起千堆雪”之类的句子，便知此公生命力何等充沛！不错，他是文人，谁说文人就应该是一些死气沉沉、整日做沉思状、完全丧失生命活趣的人呢？恰恰相反，真正优秀的文人，他的创造正在于他比常人更有活力，更有丰富的人生趣味！

李白杜甫如此，稼轩东坡亦如此。中国历史上那些留下千载名篇的人，无不是异想天开、思动求变的人，因此他们往往也是些吃不开的人。其中一些人后来碰壁，消极静思，那也并非本意。不应该把这种状态做标准像。

人家苏东坡，官杭州则有苏堤胜迹，好美食则有东坡肘子之传，打猎则有“老夫聊发少年狂，左牵黄，右擎苍”之雄风，建住宅则有“宁可食无肉，不可居无竹”之雅兴，能诗能文，能书能画，能文能武，能官能民，所以画他，必不能静，非有飞腾旋舞之姿，不足演示此公才气！诗曰：

东坡一曲大江东，唱彻千古英雄梦。
谁道书生无力气，惊天豪唱破九重。

那妇人

那妇人就出生在山西省的文水县东头。想必开始时也是一个弱小的女婴，一个刚刚来到浩茫天地间的小母兽，在炕上爬过，几个月时被人抱出去第一次遇到雪花落在脸蛋上的刹那也惊惧过，也扶着墙学习走路，也露出两颗乳牙笑过……唉，那妇人，是一种什么样的神秘力量竟使她成长为中国历史上唯一的女皇帝了呢？

这是长城之内的编年史上所发生的一件重大的事情，但是历史却对此三缄其口。在对待这个妇人的态度上，显示了男性的全部衰弱、狭促、卑劣的心理。

中国的女性是那样伟大，那样有创造性！

这些也都体现在那妇人的身上，农业社会寄希望于大地生育力所产生的母性力量是天然合理、不可压制的，中华民族的最深厚、最不可征服的力量恰恰蕴藏在妇人们身上。明白的中国人，有勇气承认这一现实的中国男人，虽然不是很多，但还是有几位。

当三个女子从容地转辗于文明人所发明的枪弹的攒射中的时候，这是怎样的一个惊心动魄的伟大呵！中国军人的屠戮妇婴的伟绩，八国联军的惩创学生的武功，不幸全被这几缕血痕抹杀了。

我目睹中国女子的办事，是始于去年的，虽然是少数，但看那干练坚决，百折不回的气概，曾经屡次为之感叹。至于这一回在弹雨中互相救助，虽殒身不恤的事实，则更足为中国女子的勇毅，虽遭阴谋秘计，压抑至数千年，而终于没有消亡的明证了。

——鲁迅《记念刘和珍君》

今风尘碌碌，一事无成，忽念及当日所有之女子，一一细考较去，觉其行止见识皆出我之上，我堂堂须眉，诚不若彼裙钗，我实愧则有余，悔又无益！

闺阁中历历有人，万不可能因为我之不肖，自护己短，一并使其泯灭也。

女儿是水做的骨肉，男人是泥做的骨肉。山川日月之精秀只钟于女儿，须眉男子不过是些渣滓浊沫。

——曹雪芹《红楼梦》

中国男性精神的崩溃堕落并非自鸦片战争始，这是一个由来已久的现象了。黄河的衰落和长江的兴盛早就在暗示着，证明着，北方文明的落伍与南方文明的进步更进一步证实着，这是人类社会形态的一个重大转折，阴阳倒转，乾坤颠倒，将是社会进步的必由之路，不可以逆阻。须眉中之浊物不明天地阴阳之理，以为以男性为尊、为主是天地宇宙间不变的至理，以为飞禽走兽莫不以雄者为主宰，正是其愚顽少灵之见。殊不知人之所以为人，与禽兽不同，人的社会形态每一进步、发展，均更趋于母性。游牧较农耕更为雄伟，然农耕文明；农耕较商品经济更为坚实，然商品经济文明；文明，克服人类野蛮暴力之冲动而更趋于优美和谐之谓也。这种进步何能不以女性所特有的种种美好天性为表率和蓝本呢？

著名高能物理学家卡普拉的新著《转折点》的中文译者在介绍这部重要著作时说："卡普拉用这个文化分析框架对'西方病'所做的诊断是：阳盛阴衰。试看他所给出的下面这张'阴阳表'：

阴	阳
女性	男性
收缩	扩张
保守	要求
响应	进攻

合作　　　　竞争

直觉　　　　理性

综合　　　　分析

“西方文化长期以来一直是偏重于阳：理性知识重于直觉智慧，竞争重于合作，对自然资源的利用重于保护，分析重于综合，等等。卡普拉根据文化动力学的律动观，认为这种阳盛阴衰目前已经达到了阳极而阴的转折点。”

因此我说那妇人成长为中国历史上唯一的女皇帝是长城以内编年史上的最重大的一件事。那妇人就是武则天。唐太宗给她赐名为“武媚”，她自己不满足于“媚”，而希望日月当空、阴阳并举，她把名字改成“武曌”，这个怪字是她自己创造的。

为什么不能“曌”呢？公元六九〇年的中国女皇武则天所造的惊世怪字，与公元一九八二年美国著名高能物理学家卡普拉的观念不谋而合，东西方历史文化的弥合与互补证明了人类精神的一致性，形态和方式的不同性是次要的。

那妇人只是出身于一个非士族的官僚地主家庭，亦曾削发为尼寄身长安感业寺，最后她夺了李家的天下，自立皇帝，连国号也改了。她不用一兵一卒照样夺取了政权，实在了不起！事实也证明，她的政治远见，她的境界胸襟，她的一系列措施，都远远超过了当时的各类须眉！

妇人当朝，牝鸡司晨。这位唯一的女皇纵然有“袖里珍奇光五色，看试手，补天裂”的奇才，却阻止不了生前身后的千年诟骂。承认一个女皇，不要说对一千多年前的唐代中国人，即便对于今天的中国人，也是极其困难、不可思议的一件事！

所谓“唐初四杰”的诗人骆宾王，被自己愚蠢的观念所蛊惑，为徐敬业起兵作《讨武曌檄》，有“蛾眉能惑主”等句，义愤磅礴，一时传诵。那伟大的妇人看了讨伐自己的文章，竟感叹说：“这样的人才怎么会沦为叛道呢？这是宰相的过错啊。”那妇人的胸怀，真可以称得起是“日月当空”了。

后世还流传了大量武后淫荡的故事，几乎把武则天描写成一个性欲狂，扑朔迷离，真伪莫辨，使这位卓有政绩的女政治家成了后来各族人民意淫的对象。这种方式的中伤，无疑表现了中伤者的下流。

那妇人对此是怎么回答的呢？

她在乾陵立了一座“无字碑”！

无字碑呵，她一句话也没说。一个字也不辩。碑石洁白，天日可鉴。仅仅这座无字碑，表达了她对造谣中伤者的何等的轻蔑——最高的轻蔑是无言，连眼珠也不能转过去；同时也表达了她对后世中国人的何等的信赖——她相信后世中国人能认识她，能理解她，会从无字的碑石上看见字字血泪、朗朗心迹！

那妇人，那中国历史上唯一的女皇，那长城内侧的村落养育出来的美丽唐代女性，评价她，只需要用两个汉字：

——伟大。

无端也说萧伯纳

对萧伯纳的一点知识，还是来自鲁迅。一九三三年初，这位爱尔兰的瘦高如竿的世界文化名人登陆上海，颇为热闹了一番，照鲁迅的话就是“热闹得比泰戈尔还厉害”。

为此，鲁迅至少写了两篇文章，一篇特约稿《看萧和“看萧的人们”记》，一篇《〈萧伯纳在上海〉序》。一记一序，今日再看，还是高明得无人可以匹敌。现在的人假如写一篇记名人的稿，肯定先要把那个人弄到云端，再不济也要搞到六楼阳台上，然后他在下面摇头摆尾，赞叹歌颂一番，举几个莫须有的事例以证其实，总之是不让你看见真面目。

鲁迅写萧伯纳，头一句便是“我是喜欢萧的”。为什么喜欢？“是因为中国也常有模仿西洋绅士人物的，而他们却大抵不喜欢萧。被我自己所讨厌的人们所讨厌的人，我有时会觉得他就是好人物”，这就是喜欢的理由，喜欢，但也不热吹，“听说是世界的名人的，所以便电光一般觉得是文豪，而其实是什么标记也没有”。

记了些什么呢？记了萧吃饭，在孙夫人家。“到中途，他用起筷子来，很不顺手，总也夹不住。然而令人服的是他竟逐渐巧妙，终于紧紧的夹住一块什么东西，于是得意的遍看大家的脸，可是谁也没有看见这成功”。

连吃饭都记了这么细，可是到了“也还有一点梅兰芳博士和别的名人的问答，但在这里，略之”，这可是让今天的人值得大书特书的地方。

对于萧伯纳到中国，鲁迅看得透彻，“于是各人的希望就不同起来了。蹩脚愿意他主张拿拐杖，瘾子希望他赞成戴帽子，涂了脂粉的想他讽刺黄脸婆，民族主义的文学者要靠他来压服了日本的军队”，各种愿望要求，萧是满足不了的，结果是“称赞的也有，嘲骂的也有。说明萧是一面平面的镜子，而一向在凹凸镜里见得平正的脸相的人物，这回却露出了他们的歪脸来”。

这一段时隔七十年的上海滩逸事，经了鲁迅手眼记录，今天读来饶有兴味，仿佛比昨天发生的事还清楚，还让人有教益。

托　翁

托尔斯泰的伟大是用不着再来论述了，全世界都公认的。只需要读一遍《安娜·卡列尼娜》，就不能不为其巨大、敏锐的洞察力和表现力折服，在这样的智慧面前，难免会产生崇拜感。

文化界的人亲切地把他称为“托翁”，无非是表达一种敬爱和亲近。其实谁也没办法见到他了，他早已去世。但他的作品活着，作品中的人物还将一直活下去，影响人们的心灵。从这个意义上讲，托尔斯泰也是上帝，他创造了不死的人。

看看托翁晚年的这幅肖像吧，难道不是上帝的肖像吗？那样雄伟，那样朴素，那样冷峻与悲悯。只有彻底的洞察和博大的宽容，才会有那样的眼神；还有那件朴素的衬衣，还有那部天神般的胡子，完全像古希腊传说中的众神。的确，托翁是完美的，直到晚年，他的容貌仍然令人倾倒。真正超越时代的伟人应该是这样的，灵魂与外貌合一，功业与山河同在，因为他体现了人类追求至高、至善、至美的梦想。

我有幸在90年代后期访问了俄罗斯，寻访了托翁在彼得堡的旧居。在他居处通往二楼的楼梯拐弯处，有一只托着木盘的小熊标本，原来是供客人留下名片的盘子。我当时就惊喜于托翁的情趣和幽默感，亏他能想出这点子！之后进了一个房间，里面摆着一些靴子和制鞋工具，原来托尔斯泰这个大伯爵喜欢亲手制作皮靴，乐此不疲，手艺精良，经常把成品赠送友人。我看了看那些靴子，可以肯定，托尔斯泰是个超级大鞋匠！

是什么使他活得如此朴素、本真呢？这个生前拥有盛名身后注定不朽的文学巨匠，这个拥有庄园和别墅的贵族，他不但没有被这些东西压倒，变得庸俗丑陋，反而在这些身外之物的陪衬下愈发显示了伟大人性的光辉！

他八旬以后离家出走，死在一个车站，留给后世无尽的迷惑、思索与凄凉。我们不禁想知道：他那颗巨人的头颅，究竟伸入了多高的海拔高度？

行　者

他总是深夜来访。

我打量着这个行者——现在叫探险家，我打量着这个从外貌到内心都与众不同的人，这个异人。我甚至心里有一种怀疑，是不是行者武松乘夜从蜈蚣岭突然来到了我的面前？

他的长发是武松式的长发，而不是现代派艺术家的长发。他的这种长发，是一绺一绺的，不卷曲，无光泽，没有修饰美化的痕迹，披散在胸前、肩头，似乎没有梳开，像一股股粘住的绳子，蒙着汗尘。

他有一副经常垂下的眼皮和一个苍老的、多皱的、会做出各种表情反应的额头。

他说话的声音很小。更多的时候，他是用额头上的反应来回答你。

他是一个极古怪的人，貌古而神怪。你无法看清他有多少岁，皱纹和活力、奇异的装束和强健的体魄在他身上交织着。

他把自己从城市的人群中放逐出去，整整九年了。

在两年多的岁月里，他用他的脚掌和心灵抚摸了一遍长城，从头至尾。最后他留下这样一句真实感受，他说："从我踏上寻找长城的那一天起，我就知道，我再也不会找到家门了。"

他还用七十六天时间牵了十几峰骆驼，独自纵穿了塔克拉玛干大沙漠。那是怎样的七十六天，他没有详细去说，他仅仅讲了一个细节。当他最终走出沙漠时，他在沙丘上发现了一个烟头，他捡起来，放在鼻子下嗅着。"我终于又闻到了人味儿！"他说，然后他划了一根火柴，点着这半支香烟，他吸到了另一个不知名姓的生命留在这上面的气味。

行者为自己设计了十八次行动，准备了四十三个目标。他的这些目标任选几个刻在下面，都会令人感到强大的挑战性——

长城　丝绸之路　黄土高原
神农架　罗布泊　喜马拉雅
墨乐　格兰丹东雪山　玉珠峰

还有五大沙漠：

巴丹吉林　毛乌素　腾格里
塔克拉玛干　古尔班通古特

一个人，在今天这样追求享乐、艳羡豪华的人世间，却给自己的生命摆出这样一系列豪迈、阔大的目标，他追求这样的“享乐”，艳羡这样的一类大自然的“豪华”，应该算得上是一位行者了。

行者说：

“给我十次生命，一百次生命，我做过的都不算什么。对于宇宙来说，我们不算什么。”

行者又说：

“物质精神之外，还应该有一个谁也不知道的什么，大概是认识的第三级阶梯？还有更多的阶梯，不认识罢了。帷幕偶尔露出一角，复又盖上。”

行者还说：

“人不能忘本——不能忘记人的遗传序列之上的来源。”

他说：“实际上我是我生命的阿姨。”

他总是深夜来访。

我打量着他，他处处与周围的习见的人群不同，怪异而令人生疑。我想，如果不是他失常了，就是浸泡在世俗生活中的我们麻木了。

难道探险家与诗人之间有什么相通的东西吗？或者探险家本质上都是诗人？总之都是不安于平庸生活的人，都渴望去掀开那神秘的一角。最后的结局也一样，因为走得太远了，他们被好奇心引领得远远离开了众人。读万卷书——读者；行万里路——行者。

求知者啊，你何等固执，何等褴褛，何等地艰辛饥渴而又神色庄严啊……

夜很深时，他告辞走了。

行者行在很深的、如墨的夜里了，谁也听不见他的脚步声。

他走路是很轻、很轻的。

1992年9月

梦 之 队

是这样一些人来到了球场上，来到了人们用渴望、期待、惊叹、狂热织成的浪潮所包围的这块平坦的谷底上。

海洋飓风一般的喧嚣在他们的周围和头顶上滚动，从风中，鸥鸟似的不时闪掠出他们的名字。无数的目光交织碰撞，在他们的头顶激起光环。

他们平静地或微笑着承受荣誉，出现在谷底了。在谷底的两方，有两棵奇异的大树，在大树上，有一只悬挂着的空篮子。

篮子的底儿是漏的。

他们的任务，是给这个漏了底儿的空篮子里装满果实。是的啊，这是一项光荣而又艰巨，并且是徒劳无益的工作。这是一个可笑的任务。是谁给了他们这样一个可笑的任务呢？

没有人知道。但是全世界此刻都在焦急地等待着他们来完成这项任务，没有人觉得荒唐可笑。

为什么要笑呢？只有疯子才会笑！

全世界假如有五十亿人，那么正有五亿人在屏息静气地、非常紧张地等待着这一神圣的时刻。

悬在空中的篮子也等待着。

是这样一些人来到了球场上，主要是一些黑人，还有一少部分是白人。他们出现在这块专门为他们制造的空地上，出现在两棵树的中间，仿佛亚当最早出现在伊甸园那样，他们的眼睛盯着那棵树，怀里抱着果实。

他们左顾右盼，并且互相打量。

他们像最早的人那样，手臂很长，两条腿长而有力，屁股又圆紧又结实，目光单纯。他们完全像一群单纯的巨人，肌肉发达，精力饱满，头颅的形状保留着人类本质的形态。黝黑的皮肤和闪闪发亮的牙齿，辉耀着狩猎时期先祖的英姿。

今天晚上，他们将上演一出扑打、拼抢、奔跑、腾跃、旋转、运行，以及种种有关人类体能极限的闹剧，这一切在欢呼声浪中的表演无非在告诉周围的观众这样一个真理：从前人类全都能够这样做的事，今天只剩下这样几个人还能做了。

啊，梦之队！

是谁想出了这样一个名字？难道他们当中还残存着诗人

吗？远古的梦，人类昔日身影再现的梦想和梦境！

梦境开始了。

只有梦才可能有这样的飞升。人体在飞翔中旋转，极力伸向更高的高度，让手臂超出树的顶端之上，让人像鸟一般盘绕，环翔于树巢之上；

只有梦才可以有这样的奔跑，从一座山峰轻轻一跃，在另一座更高的山峰上落脚，从大地的这一端一跳，瞬时在大地的另一端出现；

也只有梦才可以允许一个人如此骄傲地表达自己，汪洋恣肆，肆无忌惮，狂呼乱叫，纵横如入无人之境，从众人的头顶之上飞过，一人力挫群雄；

还是只有梦才能够使十个凶猛强悍的巨人，在对抗中宽容，在冲撞中理解，在拼抢中配合，在他人神奇的一扣中由衷地喝彩！

久违了的梦啊。

在现实中久已不复存在的梦啊。

公正、准则、道德、勇气和创造；公众的良知、口哨与喝彩；个人崇拜与集体荣誉、货真价实的力量角逐与不负众望的掀起热情；平等与突出、众星与灿烂的星、单纯的方式与复杂的实现、天赋与承认、简单与伟大……久违了的梦想啊，在现实中久已不复存在的梦想啊！

那是一个象征物。

那个圆的、饱满的、蹦跳的、仿佛自身有生命的球体，是典型的象征物，再没有比圆更合适的象征了。

这个果实，这个象征物在巨人们的争夺和追逐中化解着，化解成为各种由它概括后消化了的事物。

我看到的是一只在灌丛外惊慌逃窜的兔子，它机敏地在一群捕捉者的脚下躲闪。它很灵活，但是终于被一个纵身扑过去的家伙紧紧捉住。

我看到一只獐子在飞快地逃跑，围猎者们在堵截、追赶。它凌空弹跃而起，妄图从围猎者的头顶跳出去，但是不幸在空中被一只有力的手抓住。

……一只进退无路的野猪，一只在争抢中挣扎的狐狸，一只被发现后扑喇喇扇动翅膀企图飞走的山鸡，一只被围堵的妄图从空隙间夺路而逃的褐熊……

这一切都被概括提炼为一个圆，一个包孕着生命的球体，然后在想象中重新诞生。

这就是人类的果实。

它从来是需要依靠配合、合作才能取得的；也从来是拼抢、争夺的对象；它是生产劳动的模拟、人类体能和智慧的再现；也是战争的缩影、社会组织的原型。

啊，那个悬在空中的没有底的空篮子！

你永远装不满它，无论你使了多大的劲儿，无论你跳得有多么高，姿势多么优美，往里扣的时候多么凶狠，你还是装不满它。

但是在看台上的人们不厌倦地鼓励你：麦克尔！你太棒啦，再装一次，装满它！

看台上的人需要你装，他们需要你把体力发挥干净，一点儿也别留。他们是在现实中丧失了幻想、激情、单纯和勇气的人，他们的心灵和肉体都已经十分疲倦、非常衰退，他们想在今天晚上找回那些失去的东西，他们寄厚望于你。

“麦克尔，再来一次！”他们喊道。

你像孩子一样纯真，你经不起鼓励。你经不起鼓励和诱惑，就因为你是一个身躯的巨人而同时却是一个心灵的孩童：你总是希望着，尽管你的希望注定每次都落空！

你振奋精神，一次又一次地向那个空篮子扑上去——就像那位不断地向山顶上推巨石的神一样，也像用石子儿填海的精卫鸟一样，拼尽全力地徒劳。人在徒劳啊。

喂，你没看见那只篮子是空的吗？

看到了。

那你为什么还要不停地往里面装？

为了梦。

为了梦？

对了，“梦之队”。

但是观众知道什么是“梦”吗？

起码今天晚上知道。

可是只要天一亮他们就会全都忘得干干净净，懂吗？

那我可管不了那么多了。

麦克尔，明天还打吗？

对，明天还打。

麦克尔，你老了还能打吗？

老了？

对。

如果我老了，那么那个空篮子还会在么？

1993年5月5日写于新疆

文章武谈

中国人向来有一种简化思维模式，可以说成是有独特的综合能力，也可以说是懒。许多错综复杂的事物，被这类眼睛看过去，好比用了一把利板斧，一砍，截然断成两半，简单鲜明，一目了然。

阴和阳，雅和俗；

忠与奸，药与酒；

超脱与入世，清流和浊流；

还有人与神，侠与盗，总之砍过的很多。到了京剧里，就概括得更是了不得，东西南北古往今来各色人等简化为生旦净末丑，脸谱归类，全部囊括。

这把板斧就像李逵手里那把板斧一样痛快，一顿斧头劈过去，出一口胸中鸟气，你说厉害不厉害？这么一砍，天下许多的问题就从此可以不必深究了。只可惜，在哲人，这是一种伟大的简化；在常人，却是一种幼稚的简单。

所谓文武之道，一张一弛，崇文宣武，判然两侧。这个道造就出了文人武人，推演到民间，卖猪肉的为武，卖布的为文，剃头的为武，编筐的为文。其实，事实哪有这么简单？人哪有这么容易类分？对于人或人生来说，文武之道缺了哪方面都是不可能的，它是互相渗透、互为基础，相互补益、相互转化的关系，而不是对立的关系。

笔者从事文学创作十数年，就发现这“纯文学”的行当里，暗藏着其实不少的“武略”或“武术”，试说几条，供世人参考。

一是有“文胆”。

好文章必有胆识，胆就是勇气。勇气产生于自信、自识、自知、自量时方可称为文胆，不然只能算作不知深浅。逆潮流而动要有文胆，领风气之先要有文胆，摧枯拉朽、推陈出新，从来不是胆小谨慎的产物。

有胆才敢说“黄河之水天上来”，不然，最多只能说是“山上来”。“寻寻觅觅凄凄惨惨戚戚”，一连串的叠字入词，也是有些胆量才敢写上去的。

文胆能有多大？应该“狗胆”包天才好！郭沫若的诗《天狗》，就是真正的“狗”胆包天！文胆包天，才可能天马行空，独创一格。自古成大器的文人都是有胆的，岂独武将。

二是“行文如用兵，诡奇为上”。

文章面对读者亦如两军对阵。平铺直叙，语不惊人，便是你被读者打败；读未半，弃之如破鞋烂袜，一句“什么狗屁文章”，你没听见，也是败了。然而老谋深算，胸有城府，出奇制胜，诱敌深入，杀回马枪，唱空城计，施连环套，布八阵图，读者防不胜防，拍案称绝，流连忘返，口服心服，就算你胜了。

三是“与主题打斗，会躲闪腾挪”。

写一篇文章，总有作者主要想表达的东西，那个东西立在那儿，就是等着你上来打。没有经验的人，总是急于把它弄倒，结果扭打纠缠撕扯抓掐，如泼妇动武，坏发乱形，它没被打倒自己反而狼狈。“直奔主题”“紧紧围绕主题”，就是这种打法。

文章写好，主题打倒。

要想打倒，就得身手矫健，躲闪腾挪，声东击西，游刃有余。有如两人比武，对方原是个不倒翁，哪能轻易就范？所以，试探、虚晃、佯攻、探虚实处、找致命点、保持一定距离、拉开打斗圈子。腾挪躲闪，是思维敏捷；来去纵横，是文路宽广。上面看出拳，脚下使绊子，“飞起一脚，将其踢翻”，这是浪子燕青的办法。

四是“找到纹路，锤到石开”。

写文章和敲石头一样，死敲不行。一锤子下去，只砸出一个白点，十几锤下去，石头表皮剥落了一层，里头还是团团一体。敲石头要先看清纹路，摸准纹理，石头虽硬，长势有纹，纹力有结，就势一击，迸然四碎。

文章有文理，死往里写不行，越写越不开展。应该学习采石工，掂量一番，查找一下，揣摩清楚，寻到新鲜、突兀、便于展开的入笔处，然后下笔，左右逢源。

五是“登高察势，反戈一击”。

写诗的人只管自己写诗，不看诗界发展形势，写小说的人只抱住自己的题材，不知已有的小说成就，就是井蛙钻牛角了。写作是一件极有魅力的文字勾当，沉湎进去，也能在尺寸之间把人溺死，无异于酒色。

功夫在诗外就是要有一点了解全局的“战略”眼光，作战要察看地形，革命要宣讲形势，指的是立足自我，认清全局。所谓登高察势，是先跳出三界外，不在五行中，以局外人看风景，以免不识庐山真面目。孙大圣最懂得这一手重要，动不动就“一个筋斗跳上云端”。

大形势一时不可逆转，小潮流吾侪且慢追随。花红易败，潮起必落。别人已经唱好，再唱是跟屁虫，人家正鼓满东风，我须从西风处发难。反戈一击，才是正道。

六是“功夫练十年，杀场一瞬间”。

文章千般修养万卷学问，到头来，比的是纸上功夫——写作时发挥得好。纸上发挥，看起来像是一种契机，一次神遇，佳作不经意而出，妙句未留神而泄，实际上却是一种功夫，是十年磨一剑的功夫，也是百炼钢化为绕指柔的功夫。

文学以文字为表达工具，文字训练的基本功就至关重要。文艺之所以有个“艺”字，说明它含有很大技艺的成分，一切技艺的出神入化，都必须以长年刻苦训练为基础，即便天才也概莫能免。武夫懂得这条经验，叫作“平时多流汗，战时少流血”。有些超天才的年轻人不愿意承认这一点，而更乐意宣称自己是“天生的诗人”，结果不久经商去了，不知是不是“天生的”?

文坛固然容易取巧，但终非长久之计。

七是“文明其体魄，野蛮其精神”。

现代社会到了今日，似与本世纪初大不相同。那时是文明精神，野蛮体魄，现在恰好翻了过来。愈是文明发达地区，体魄愈健美，体育愈普及；愈是经济发达地区，精神愈空虚，感情愈苍白。相反，落后贫困地区，精神的原始活力相对积蓄厚重，受到机械文明的损害较轻，历史血脉的自然承继更直接，因此输送给现代都市的时髦艺术，往往源自精神野蛮地区。

这，也许又是当今时代的一个特点，文武错乱，阴阳颠倒。

八是“武侠小说都是文人写的”。

武侠小说，都是文人借尸还魂的把戏，证明“所谓武侠，实是文豪”。武林中人演文坛中事，争地盘的，报世仇的，互不服气的，竞争排位的，全是文人相轻一类。至于武功剑法，秘籍神传，细加揣测，就全是暗指文章甘苦。文也罢，武也罢，无非一行职业、一种方式，说到底都是人。

文武之道，一生一死之道。

生死之道，人世之全过程。

1993年4月29日写于乌鲁木齐

文 运

现在的文化界以调侃古人为乐事，以追捧皇帝为热点。皇帝虽然也是古人，但不在调侃之列，因为皇帝有权，固然那权已经过期作废，余威犹慑奴性沿袭之群。所以调侃的对象只能是没权的，譬如李白。

什么“李白想当官没当上”啦，什么“李白厚着脸皮吹捧韩荆州”啦，糟蹋李白真是毫无顾忌，笔下轻佻，油腔滑调，好像他写了几篇破玩意儿，得了一点应时应景的破名声，真就可以对李白颐指气使了似的。

我倒是想提醒他们莫忘了那两句诗，“尔曹身与名俱灭，不废江河万古流”。远讥李白，近嘲鲁迅，说不客气的，你没那个资格，也没那个能耐，更没有那个五百年一出的圣人运气！

成不朽之名者，必有大文运。这就说到了“文运”。文运不是迷信，而是历史长河的大势，得大势者得大名，此固必然。至于唐，诗兴，上可以取高官，下可以应妇孺，李白应运而生，天才高迈，一声“黄河之水天上来”足以绝千年之响。唐诗奠定格律诗高超的艺术性和广泛的群众性，众星捧月，李白遂成巅顶明月。

特定的人与特定的时代相遇，就是文运，缺一不可，相映生辉。李白不遇盛唐，小儿不会代代口诵“床前明月光”；鲁迅不遇新文化运动，或许只能以满腹奇才抄碑终老。文运者，大势也；大势者，时代之需要，历史之回应也。没有这些条件，累死写死也没用。有些想不明白的人委屈得很，说“鲁迅连一部长篇小说也没有，不过是有限的短篇小说和杂文，我光是长篇小说就十几部……”那没办法，你别委屈，鲁迅手写的请假条也比你那几千万字有价值。

天下熙熙，无非过客；岁月茫茫，疏而不漏。一世之雄，未必长久；一时之杰，难以永垂。所以有一点才的人更需要有一点自知之明，更需要知天命，识大运，可以保持一点谦虚敬畏之心，少放一些油滑调侃之辞，知己知彼，心胸开朗。

对那些已成为我们民族文化历史星座的人物，请放尊重些，请仰视。

读 童 话

惭愧什么呀。我已经到了这么一把年纪了，还爱读童话。现在我最爱读的两本童话是：卡尔维诺编的《意大利童话》和《格林童话集》。

当初买这两本书的时候，我是为孩子买的。安徒生已经被她们弄得滚瓜烂熟，意犹未尽，我就为她们买新的。不料，翻开第一篇，《勇敢的小约翰》先就把我给吸引住了。小约翰天不怕地不怕鬼神也不怕，最后他终于有了成罐成罐的金子，吃不完的香肠和啤酒。什么都有了，结果呢，有一天他突然发现了自己的影子，害怕极了。

“他被自己的影子吓死了。”结尾这么说。

我直到今天也描绘不出当初读这些童话的心情，我几乎惊愕了。在这样简单朴素的伟大力量面前，我感到了一种恐怖：我听到人类在孩童时期的简单天真的叙述里，竟含有比预言、巫师的咒语、神灵的喻示更神奇也更真实的思想。而这超越时间的思想，是用那样平白、单纯的语气讲述出来的，使天底下所有肤色的孩子都能听懂、都愿意听。或者说，使她们牢牢地记住这些故事，在她们成长的过程中，终于有一天突然悟出其中的深奥。

我后来又读了《格林童话》，同样，第一篇《青蛙王子或铁亨利》的第一句话，就已经是大手笔的诗句。那句话是这样说的——

在愿望还可以成为现实的古代……

假如我作为一个诗人，而且不曾得了盲目自大的流行病，那么在这一句话面前，我就会拜倒。

像托钵僧遇见了真佛。

就像普希金一八一四年发表第一首诗时训诫过的那样：

就是没有你，诗人已经不少。
他们的诗刚一发表，就被世人忘掉。

我承认，我至今没有能够写出这样自然而且具有永恒现实意义的诗句，别人也没有。那我们还有什么权利故弄玄虚，冒充现代，把诗拖进晦暗的老鼠洞穴津津有味地独自咀嚼呢？——在童话面前，在孩童天真的智力面前。

我们读了很多书，很多很多。如同一只老鼠啃啮了大量搬进洞里的杂粮五谷、破皮鞋烂网套，然而牙依然没磨短，只是变得更讨厌，更鬼鬼祟祟，更自私。对有些人来说，书已经成了类似牧牛人手里的甩石器，他们用它扔出坚硬的石子，准确地击中那些不听吆喝的牛。对另外一些人来说，书是衣服、鞋、帽子和尼龙袜子。对还有一些人来说，书不是人，而仅仅是书。

他们把书读到自己可以写书的地步了，就在书架前照一张相，然后把像印在他书的扉页上，谦虚而又自足。

或者他们因为善于使用书里的词句，显得比别人高明。用不同的书对付不同的人，效果极好，受到了上司的赏识和重用，被称作了“人才”。他们终于坐过了卧车，就在自己坐过但不是自己的卧车前照一张相，也把像印在扉页上，憨笑而又骄傲。

而且他们什么书都读过，什么没见过面素不相识的古怪名字都脱口而出，好像说起一位老相识的名字那么随便、亲切；他们用这些东西当通行证，到自己根本摸不出深浅的场合夸夸其谈，向陌生人借钱，和名人照相，最后一定把这些像给某个女子看，深奥而又急切。

是的，他们读了很多书，很多很多，唯独没有读童话。也许从前读过，现在忘了。你如果告诉他们正在读童话，他们会轻轻地淡漠地笑一下，用鼻孔说：“我可惜已经过了那个可爱的年纪啦。”他似乎带着伤感，但你能听出他其实非常自豪。

他太喜欢读深奥复杂的书啦，虽然他自己一点也不深奥。

他觉得如果比别人少读了一本重要的书，就像比别人少了一级工资那么痛苦，他会觉得自己白活了。

他因为读了许多书而经常想到自杀，好在他不认死理，所以他一次也没有试验过。

结果后来，他们变得越来越不像自己，言谈、举止、处事越来越造作。他们都很聪明但是惹人讨厌，知识渊博却生活得空洞无力。书把他们变成那样了，还是他们自己把自己变成那样了？很难说清，反正他们再也回不到自己原来的模样了。他们结结实实地崇拜了书，最后自己变成了铅字。

所以我才说，有必要读读童话。

在《意大利童话》里，讲述过一个倔强的农夫的故事。那个农夫有一天急急地走在旷野里，天正下雨，他要去……比方是巴勒莫吧，办急事，迎面走来一个人，那个人是上帝。

那人说："你好。"

农夫回答说："你好。"

那人说："你起码还应该说，'愿上帝保佑你'。"

农夫说："好吧，'愿上帝保佑我'。不过不保佑也没什么，我要去巴勒莫。"

上帝把他变成了一只青蛙，跳进池塘里一蹲就是七年。七年后，农夫恢复人形，接着向巴勒莫走。迎面又走来了上帝，重复了前面的问候和对话。那个人告诉农夫他是上帝，要农夫收回最后那句不敬的话。

农夫说："我知道你是上帝。"说完掉头就朝池塘走去。

上帝说："你干什么去？"

"再变成青蛙。"农夫说。

假如今天的人们已经在最基本的也是最简单的问题上被扭曲、被蒙蔽、被丑化，那么怎能指望他在深奥复杂问题的研究中得到解脱或返璞归真呢？

假面舞会已经跳的时间太久了。

不管你戴什么样儿的脸谱出场登台，也不管有多少人为你欢呼喝彩，我都坐在旁边一动不动。我知道这一套人类惯用的把戏，是真是假一目了然。

不是我吓唬你，只是提醒你，注意点分寸。不然，我可能会借用我一个朋友的话说："宰了你这号病羊羔子！"

我为什么这样？

因为我正在读童话。

读人生识字的第一堂课，那里开篇就讲了全部人生的含义。年轻漂亮的女老师以悦耳而迷人的声音朗朗念道："狼和小羊……"

那不是童话！

1988 年 7 月 30 日

病理研究

我病了。

我对于甘肃有一种非常奇怪的不适应，几乎每次到甘肃，准病。呼吸道感染。仿佛空气里含有一种对我有害的毒素，顽强地、无声地销蚀人的健康。我甚至以同病相怜的眼睛看到，周围有着比例相当大的人面容有些歪曲，脸色很不正常。我说不清这究竟是怎么回事，是冬天的气候，还是某些群体特殊的氛围？是“场”，还是风水？说不清。这并不是说兰州的姑娘不漂亮，不是，过去那兰州姑娘是“红二团”的说法早过时了，现在她们往往白净俊俏。我是说，这里的空气对男性来说有部分性的不适，对那些用胸部呼吸的人，有某种程度的伤害。

仿佛有一种怪异的东西，散播在空气里，肉眼无法看到。它的成分或许是微量的，不会立即危及生命，但是有害；它只是每天均匀地抵消掉一个人生命活力中的一小部分，只是慢慢地磨损一下你，并不真正把你的肉体触怒或摧毁。

这就好像把一包足以使人致命的毒药均匀分成无数等份，散布在一个人一生中的每分每秒中服用。你死不了，但你收到了坚韧的伤害；你虽受了伤害，但你绝对感觉不到；你会渐渐适应，你坚强的生命保证能够在长期的抵抗中坚持下去，甚至渐渐适应并转化为一种类似成瘾的要求。

时间久了，你会对那些没有在这种空气中成长的人“看不惯”。自然地对不是这种空气的空气产生拒斥，倘使偶然在一个空气新鲜的山林中，你反而会不适应，连连打喷嚏，感到会像将要生病似的难受。

好在我病得已经很严重，已经在打吊针。

我是一个外来者，暂时还没能适应，所以一下病倒了。周围的同志们都相信我能适应，我也相信我能适应。躺在病床上，我想，比这难适应的东西我都适应了，这算什么！

窗外的雪愈发大起来，使我在必胜的信念中略感忧伤。一只大头猫在雪地里凄厉地叫着。

当时窗外有两棵挨得很近但却分别显得孤独的树。因为是冬天，它们的枝杈都很脆弱，彼此够不着。雪浇灌着它们，从它们头顶纷纷扬扬洒落下来，只有一小部分落稳在它们的枝节上，其他绝大部分很不情愿地落在地上。这些雪本来没有任何区别，但是落在树枝上的一小部分，变得幸运了一些。

这当然是从一个病态的眼里看到的。

我咽喉疼痛，不断地流清鼻涕，一夜未能入眠。我已经不能再抽烟了，有些厌恶烟味儿。无事可做，我就开始研究病态，品味病感。我觉得，一个长期健康的人突然进入病境，有助于反观和领悟很多东西。病情使人换了一双眼光，一副心态，病情使人暂时脱离现实、与世无争，因而有了“超现实”的条件。所有的病人住在病院里时，都像是从现实战场上退下来的伤兵和缴了械的俘虏，他们眼下不具有战斗力，因而较大程度地受到人道的待遇，被人谅解和关怀。他们一般也由于自己的病况而悲天悯人，变得比平常善良一些；互相之间由于没有利害、同在受难而变得容易倾吐心曲，真诚了好几倍；再加上病体一般减却了性的冲动，他们往往平静了，自我表现的行为减少，不再狂妄浮躁，眼神里有一种哀伤的美……病人原来就是圣人！集真善美于一身！难怪人们称医生护士是天使，原来他们的职业是围绕在这类圣人之间！

原来如此，怎么今天才明白呢?

“圣”的代价就是丧失健康，使充满活力的生命要求降到最低限度。

所谓圣人，原来正是病人!

“哈哈。”我独自笑出声来，觉得有趣，觉得这种研究，这种精神游戏，对人真是一种莫大的享受。我感到病开始减轻了。我像抓住了一个梦的尾巴，还想继续下去。

说不定病也有对人有益的一面呢？它强制一些疲劳的或受侵害的肉体休息，从而使精神活动变得敏感、活泼起来。

再愚蠢、再缺乏独立思考能力的人，在病中也会变得敏锐、细腻一些，他甚至能学会体察理解平时和它毫无关系的事物，接受自然及人间美的教化。如果一个人老是健康着，他就会给人一种缺少了什么的印象，而且这种人往往被疾病击而毙。在某种意义上，疾病是人生的学校。设想一下，假使人世间的全部疾病都消失了，人们不再生病，全都健康，那人类所享受的生命将是多么浅薄、多么没有分量的幸福！特别是，人该怎么死呢？人要是不死，后来的人又该怎么活呢？神让疾病降临，正是绝妙安排。

不必忧愁，病人，不必自卑！

既来之，则安之。这是一群造访肉体的不速之客，需要走的时候，它们会走的。

瓶中何物

瓶中何物——水乎火乎？

青诗曰：有水的形态，火的性格。水是怎样的一种阴柔优美，顺器随形，火又是何等的暴躁凶烈，因风就势，是谁使这对立的两种力量合而为一的呢？

瓶中何物——火乎水乎？

绿诗答：一滴酒是一汪水，它是大自然的血清；一滴酒是一朵火，它是这血清的自焚。倾出不过一汪，点燃不过一朵，可是它为什么无腿走千家，有嘴吻万人，愁深常至友，恨浅柜中缘，它为什么总能以涓涓细流突破、推倒理智的重重防线，从貌似干涸的感情深渊里掀起层层巨澜呢？

水火无情酒有情。

有情方饮酒，无聊才读书。

然而酒中的情是什么情啊？透过清澈的一杯薄酒，一眼望见的该是怎样一种一眼望不到底的虚空啊？杯中的天空没有一丝云朵，壶里的乾坤尽是风霜雨雪。谁敢定睛凝视这高度概括、浓缩、酝酿、提炼的无物之物？君不见人间多少铁心肠、硬肝胆的所谓英雄男儿，哪个不是两眼一闭，仰颈吞下这杯苦药？谁都知道酒中的情只是两个字：浅薄，但是谁又能完全摆脱它呢？人间的至深至真的情，是被酒翻来覆去捉弄、颠三倒四玩耍的，酒这流氓！

酒是情物，而酒又是最无情的。

记起，一个像井轱辘那样古旧的童话，它实在是意味儿太深长了：渔人从大海里打捞出一个瓶口封死的瓶子，他好奇，打开——被封闭了五百年的巨大妖魔从瓶子里出来了……这个故事是酒的绝妙的象征，只有喝醉酒的人才懂得那个巨大的妖魔是怎样从长时间封闭的心灵的瓶口中被释放出来的。它的躯体如烟似梦、庞大得顶天立地，它的面貌狰狞奇幻、比最奇特的想象的组合还要怪诞百倍，它一旦从现实主义的、唯物的人的心灵中被释放出来，竟能把产生它、压抑它的那个人惊骇得绝倒！

它是醉酒者的原欲和灵魂。

饮者呵，你目睹过自己放出的灵魂么？假如你目睹过，你是不是认识它是你的哪一部分？你是不是理解它？你是不是像那个渔人一样用小小的欺骗伎俩重又把它诱入瓶口、贴上封纸？你能够装得若无其事吗——当那个令人惊骇的巨物装进心灵的瓷瓶之后，你能够获得真正的安稳么？

酒是人类古老的、寻求精神解脱的产物。它是以物质的精华诱发精神的灵物的一把钥匙。它还是医治人间一切苦闷精神病状的一杯无效的、常服的苦药。它总是以欢乐开始以哭泣告终。

有一个悖论是令人奇怪的，那就是：我们这个古老的、近百年来衰落、饥饿、被人讥讽为“东亚病夫”的民族，所酿制的酒却是最烈的。我们的胃就这样在烈酒的燃烧、刺激下痉挛，妄图一夜之间呕吐尽全部传统，早晨醒来变成一个崭新的人……在醉眼蒙眬中，我们看到一个顶天立地的巨大的自己，但是那个幻象不经召唤就重又回到了瓶子里，杨柳岸，依然只是晓风残月。

酒啊！你这骗子！

在酒的瓮边，经常站着的是两种人：名士和酒徒。而这两类人其实是难以明确划分的，名士是有名的酒徒，酒徒是无名的名士，他们是肃立于酒瓮边上的文武大臣，也是歪倒酒旗之下的烈士祭品，酒是他们的帝王。

自古圣贤皆寂寞，唯有饮者留其名。这是何等透彻！世界上恐怕没有第二个像李白这样借着诗和酒的翅膀在精神的太空里恣意飞行的人了，他是一个奇迹，一个超越时空的天才！当你读到“举杯邀明月，对影成三人”这样的句子，你不能不相信他那双奇异的醉眼在千年以前的某一个夜晚，其实是真真切切地望见了一个外星人也没准儿！

另外，还有一位名叫辛弃疾的中国12世纪诗人的醉态也是不朽的，“风动疑是松来扶，以手推松曰：‘去！’”——这位在12世纪的某一天喝醉了酒的卸甲将军，浑然达到与万物相通的境地，他的醉态鲜活生动，微雕一般的刻画栩栩传神，像留在化石上的鱼尾戛然而止时的一翘……直至20世纪乃至30世纪，人们仍然可以清晰地听见他的那种颐指气使的、招呼僮仆的呼叫声——“杯，汝来前。”

酒是灵魂的锋快无比的剃须刀，它割断的是心里逐年增长的杂乱无章的荒草，剃除清理的是日积月累的情绪中的积垢乱髭。它还你一个轻快，让你在内心里来一次删繁就简、领异标新！

酒是心灵的洗澡！

饮酒和人生一样，有着至少三个阶段。

第一个阶段为“豪侠饮”，此为模仿。“少年不识愁滋味，为赋新诗强说愁”，此类饮者，逞强斗勇，划拳猜令，大声喧哗，唯恐左右人不知我在喝酒也，是为不知酒味之徒。

第二阶段为“富贵饮”，此为夸耀。饮必高楼名馆，杯则夜光金盏；玉盘珍馐，中西合璧，不伦不类，西装布履。酒为何物，其实不知。

第三阶段为“吝啬饮”，这才是酒知己。这类人为数寥寥，布衣芒鞋，或立于柜前不须菜食默然独举一瓶，中间反复观察再三，不得已，一倾而尽，抹抹嘴，稳步踱去；或饮酒三餐如饭，闭门独啜，唯恐人来，长年抱渴，咽如焦釜，家中酒有数，腹底量无涯。这种人，文有孔乙己，抱残守缺，用手挪也要挪到酒香处去，其坚贞不移，可怜可敬。武则有豹子头，风雪夜归人，枪挑酒葫芦，漫天飞雪，一心如火。

饮到这第三种地步，才算懂酒。饮到酒的这样一番深度，才算懂得生活。这类人的心里，哪个不是压抑着千般不幸、万种凄凉？哪个不是心藏着浇不熄的怒火、熬煎着煮不干的泪水？

酒啊，一杯杯、一盏盏，尽是辛酸泪！

喝着的、饮着的、啜着的，微皱眉峰的、猛闭双目的、龇牙咧嘴的，哪一个不是勾扯出对于酸辛困顿的记忆？又有谁不是翻腾起对于屈辱遭遇的咀嚼？酒的力量总是从心灵水潭的深处挖掘并泛起苦痛的沉渣、悲辛的淤泥，它总是让醉酒者露出平时被理智掩藏得很难被人发现的表情，酒的力量可以摧毁彬彬有礼的言词、虚假浮泛的微笑，它总是放弃平静的湖面，直掘向人性的深处！

在酒力的撞击下“失态”，其实正是凭借了酒的力量恢复了本性、摆脱了为维系世俗关系而做出的常态。

一个从来没醉过的人，不懂得什么叫心灵的彻底解放！一个从未大醉过的一生谨慎的小公务员，不理解胸胆开张、硬语盘空这样的瞬间能给人的躯体注入怎样的生命活力！

酒使一个聪明绝顶的家伙露出傻相了，他坐在角落里傻笑，脸上挂着痴呆儿的表情。他需要傻一傻，他也有傻的一面。他之所以被认为聪明，是因为他平时格外注意把傻的一面藏好。

酒使一个刚强铁硬的好汉哇哇痛哭了，他用双手握住脸，泪水从指缝中迸溅出来，他哭得像个没人认领的孩子，可怜无助。这就对了，英雄，剥掉你的那些厚重的铠甲，你其实是一个嫩弱的孩子。没有什么“英雄”，所谓英雄是一种姿态或处境。

酒当然也使一个儒雅君子突然露出狞厉的表情，他满口粗话，破口大骂。谁也没有惹他，他其实志得意满，他内心的久遭压抑的东西叛变了他，魔鬼升起来了，使所有的人惊骇。

呕吐、晕眩、兴奋、疯狂……

语言像黄泛区的洪水一样宣泄出来。

思维碰撞，在混乱中闪射出蓝光！

精神的平衡被打乱了，重新颠倒错位；

记忆中断——那是一段没有录上图像的空带。

酒就是这样摧毁了我们精心搭起来的积木建筑，我们的“文明”是多么不堪一击啊！它是脆弱的，但是我们的现实生存恰恰就是靠它来维系的。

请原谅一个醉者的失礼，因为他醉了。他不醉的时候其实是和你们一样的，微笑，甜言蜜语，绝对合乎尺寸的高帽子，握手，说“再见”，还有一点调剂气氛的小小的幽默感……他不醉的时候是一个绅士。但是，醉汉是危险的，他的危险不仅来自手舞足蹈和胡说八道，更来自一种精神束缚解脱者的引诱和他对现状的藐视，这是一种更可怕的精神上的危险！这时候，你立即就会领会一些发达国家新颁布的禁酒令，是一种何等管理层次上的高明！

恰恰也是这时候，你忽然懂得为什么有人吸毒了。

举起这魔瓶，让我们对着明亮的阳光重新审视它、观察它、研究它，看看那里面装的究竟是什么？

清纯的液体，透明、单纯，若是晃动，便从瓶底迅速升浮起一群美丽的气泡儿，宛如一泓清泉的明澈和活泼……它看起来是多么无害啊。

它是精灵，也是魔鬼。

每一个早晨都不一样

从睡梦中醒来的人们，带着各自脸上残留的梦的遗痕，陆续走进早晨。不管噩梦、美梦、无梦还是失眠，告别昨天，走进早晨。

人们是被清晨唤醒的，晨光的手拨响每一座梦境的门铃，早晨一视同仁，从不会遗漏。于是，黎明即起，洒扫庭除。于是，操拳舞剑，舒展筋骨。于是，市声喧响，提篮购物。

表面上看，每一天都是相似的，每一天都像在重复。尤其是城市里的上班族，朝九晚五，晨钟暮鼓，一眼望到底的人生，一生做不完的辛苦。如果不是每一个早晨都带来不同的希望，谁能耐烦这平淡无奇的人生之旅？

正是早晨，救了我们。

因为每一个早晨都不一样，有意想不到的希望，还有意想不到的挑战，所以人们总爱说“做梦都想不到”。春夏秋冬，早晨不一样；雨雾霜雪，早晨不一样；悲欢离合，早晨不一样；喜怒哀乐，早晨不一样。早晨接的第一个电话，与昨天不一样；早晨开的第一个会议，内容不一样；早晨以及随之而来的整整一天，是不可预知的，是崭新的，大喜或大悲，都可能不唤自来，登门造访。

如果说人生本来只不过是一些碎玻璃，是早晨把它变成万花筒。一转一变化，千转千景观，图案从不重复，五色迷离，光怪陆离，吸引人们一代一代转下去，看下去，乐此不疲。

还是早晨，救了我们。

没办法，我们正是这种好奇的生物。让每一个从梦中醒来的人都重新诞生一次吧，在心底轻声对他的城市说：早晨好！

深夜倾听海

黄土高原离海有多远，能听到吗？

能呢。

但是有一些条件。第一你的耳朵不能太聪，太聪则只能听见近声而不能闻远音；第二要能处于半眠半醒状态，全眠则是梦想，全醒则是现实。

躺在黄土高原的窑洞里听海，才是大境界大乐趣呢！必须是窑洞，筑进山体内部的洞穴，而不是盖在土地之上的房子。在这种伸入山体内部的深夜，你可能体验到野兽独处洞穴时的妙境，它们所能谛听到的世界，远不是人类所能够想象的。

还必须是高原，最好是江河的发源地，至少也要是大江大河初脉流经的地方。两极是相通的、互感的，整个世界是完整的，浑然一体血肉相连，只是嘈杂的人类行为使这一切联系被隔开。大地的血脉筋络本来是多么畅通，它的循环和输送、感应和嬗变像一个健康的婴儿一样灵敏！

现在人类睡着了，它却刚刚醒来。

它等待着那些被人类弄麻木的部位逐渐地一一恢复常态。它有气功。

阴阳五行，地气风水，易经天象，卜卦炼金……这些，不过是人类从对它的观察中学到的一些皮毛。

它是一个庞大的生命，也是一枚转动的蛋卵。所以它并不轻易表示什么、指明什么。它是宽容的，看着人类自命不凡。

夜已经很深，北方山谷的寂静里含有一股凛冽，使窑洞更似一只掏进山根的耳道，深深浅浅，微暖微寒。

躺在这四周上下都是黄土的窑洞里，像一个躺在耳道里的小人儿，疲倦在异样的朦胧里。在这种如葬的状态，先是听到窑顶和四壁细密的沙沙声，那是一些壤粒掉落的声响。它们像跳蚤一样掉下来，也像小水珠，滴答一声，接着又滴答一声，一粒接一粒。你越是仔细听，这声音就越响，甚至感觉到壤粒掉在你脸上、头发里。

渐渐你能听见缸里的水在波动，感到它不是静止的，而是在旋转，发出汩汩的声响。这声音慢慢和壁壤内部的一种声音合起来，是另一种水声。这声音就发自离你脑袋不远的地方，也是汩汩的，还能听到水流碰上石头时打了一个回旋的清脆水波声。追着这个声音，你就听到了河。

河是沙哑的摩擦声，是雨后的泥地上拖动伐倒的大树的声音，那是厚重奔涌的水流从河床上一掠而过时发出的摩擦声。那仿佛不是水的声音，而是河床的声音，在一些起落处发出吟唤，似有负重的快感。

通过河床传递过来的声音，你可以感觉到河流宽大厚重的身躯，有点像大蛇，但不完全像，漩流和水的层次历历在目。那是浑蒙的如夜的景象，一切都显得极其含混，河流的声音也含混，像是浑浊的呼吸声，像是越跑越远的人。你听到它进入海的时候，是完全寂静的一霎，是瘫倒、是结束。是溶化，一息声响都没有了。

这就是海吗？

她多么遥远，声音多么微弱、多么难以分辨！但是你还是能够谛听到她，她的底部，如同一个母体的骨盆那样，宽大、安详、松弛，散发出随时都在哺育什么的奶和肉体的气味。在这平稳的大陆架上，海水轻轻晃动，发出窸窣的声响。

这声响仍然是细微的，就像远处一位宁静的贵妇人用她细腻光洁的手指轻轻地抚弄她的丝质缎绣的蔚蓝色宽大裙裾，窸窸窣窣，若有所思。这细微的声响已经不是通过陆地传导过来的了，而是通过贯穿了高原和海洋的河流的纽带，那条联结着它们的脐带。由于这条脐带，起点和终点，循环和过程，至高和至容，就成为不可分割的连体了。

你听的时候，筛去河流的喘息声和河床的摩擦声，就滤出这奇特的窸窣声了。这声音时现时隐，像倒走的秒表，溯流而上，直达一切关怀着她的耳膜。它带着那样一种女性的耳语，那样一种机敏、柔情、任性和含混，而且还有一种许诺和欺骗，宛如在告诉你，她也在关怀你。

至于海的柔滑的皮肤，海的大块的肌理，暗流的美丽手臂，风暴中闪动的腰肢以及整个遮盖了面目的惊人秀发……这一切是听不见的，无法听见，但是你却能看得比站在海边更清楚。海啊，你这生育了现代文明之后的宁静的美妇人！你是不是可以感到我在倾听你呢？若问相思几许长？发源入海两江河！

半眠半醒之中，黄土高原的一孔窑洞深处，我仿佛说了这句梦话："我听见海啦……"

黄土高原离海多远啊，能听见吗？

能呢。

就在离海洋最远的地方，海啊，我们像野兽一样恋想着你呢！

倾听着你……

恋想着你……

海啊，你这在远方窸窣作响的妇人啊，

抛弃我们吧！

就这样永远地

抛弃我们吧……

一钵水中有八万四千虫

我们这样艰辛、这样乐观地在北方活着，没有怨尤，也不妒忌。我们是吃土豆的人，是吃荞麦面猫耳朵的人，是善于蒸各式各样动物造型的大白馒头的人，也是爱用一把剪刀一张纸铰出自己念想的人，而且我们肯定更是修建了长城的那些人的后裔。

我们在北方活着，我们是干燥的。祖祖辈辈，世世代代，我们有足够的空气和足够的土地，但是我们没有水。多少河流从我们的身子底下暖化了，活了，像被母鸡孵化出壳的小鸡似的，活蹦乱跳地从我们身边跑走了，它们在南方长大，变成体态丰满的大气象。河流在南方汇聚拥挤成令造桥的工匠头痛的水世界，可是对我们就这么吝啬，它只用一捧水养活我们。每年每年，他们发水，我们缺水。

我们依然还是不肯背离家园啊！

假如你逃走了，谁会责怪你呢?

没有人会责备——除了你自己的心。而且你的心也不会专门责怪你，它只是隐隐地牵扯你、感伤你，只是在你决然前行的时候，让你总是频频回头。心灵呵，它正是一个藏在你胸腔里的现实行动的对头！想一想，有哪一次采取重大现实行动的时候，你的心不是阻挠而是支持你的呢？每每那时候，你总是要“心一横”，或者“硬下心来”，才行。

佛祖说：“一钵水中有八万四千虫。”

佛祖又没有显微镜，他怎么什么都看见了？他怎么知道“一沙一世界，一花一天国”？难道他真的有天眼吗?

天眼就是心灵。心灵就是藏供在肉体中的“一钵水”。

“一钵水”中有八万四千粒游动的、死去活来的、无知而全知的、茫然自在却决定肉体并成为其神庙的精神之虫。它拥有遗传的神奇禀赋、宇宙的全息摄取、道德的良知规范、梦的隐喻暗示和动员、控制肉体的神秘力量。它是多情的，也是冷酷的；是理智的，也是非理性的；它干脆就是超然于感情和理智之上的、如烟似雾团团纠缠在一起的八万四千只黄昏的蚊蚋！就这样，我们被它左右。

有时挣脱了，立即又在新的情况里被它围住，就这样——人生没有什么值得大惊小怪的。太阳底下无新事，就是这么回事儿。

你怎么知道你为什么爱国、迷恋故土、热爱家园？是谁教育了你呢，还是你本来就有这种要求？有的人逃离了家园，但他夜夜都在做梦，他在钢壳大楼里梦见的无非是一棵家乡普通的枣树。有的人固守在土地上，但他忍不住翘首远望，在荒凉寂寞中，他的坚守早已坍塌成了一堆没有指望的期盼。谁是正确的？谁不是正确的？彼此彼此，互为悬念。

有时候，走过去的路还可以走回来。可是人生，为什么走过去了就不能再走一遍呢？当我们走过了这个每个单元都是漫长的而整体上却是短暂的过程之后，坐下来一回想，仿佛大彻大悟了。原来在本世纪除了看电视、在上世纪除了看报纸以外，我们什么也没做！你不知道是谁能让你这么活过了一生！给你发工资的人，你不认识。给你分配住房的人已经火化了，可房子你还住着。你没有种过一粒粮食，可是你每顿饭都吃得打嗝。你仔细一想，的确是什么也没做地活过来了。

所以，一个人要是官呢，他可能想让他的儿子弹钢琴；一个人要是当工人呢，他可能想让他的女儿当兵；一个人要是当大臣呢，他的后代也许要出相声演员；一个人要是教授学者，他的子女恐怕会想当官……这没办法。

人们都这么想：这辈子没弄好，但是要是再给我一次机会，我算知道该怎么过了。其实，再让他重活一次，他还会失败。亲爱的朋友，失败是注定了的！

为什么你总是与自己格格不入？

因为佛祖说过了：一钵水里有八万四千虫。

八万四千个不可知的活动因素、对抗因素、化解因素、背反因素……决定着你的决定！

这就是命运。

不 去

因为是五月一日吧，索溪峪通往西海的山道上，人可真够多。无论如何你得佩服、你得惊讶人对名山胜水的这种热情。

沿途景致倒是青翠而突兀，青翠的是高树丛竹，突兀的是一柱又一柱的石峰。不过说到底，也只是山和植物和涧水的组合而已。

清晨出发，十数人，虽然都是常年伏案之人，行不足二里地，已经显出同类人中隐含着的巨大差距。大黄与玲等七八人进山，如饥羊见草情致大发，高唱《红高粱》之野蛮插曲熊爬羚跃而去，遥闻半山，蛮歌回荡。几位老者拄杖缓行，正精密计算着双腿逐渐增长的酸度和需待踏上的石阶数之间的比价。唯有小尹与鄙人，坐在石阶上犹疑了。

一切动摇分子都具有共同的眼神，彼此一望，便可会意。

我们先像两个接头的特务那样接火点着了香烟，就从实质问题的外围——天气的闷热、山里人对山道长度估计的可疑性、人们凑热闹般的这种爬山的盲目性等方面试探、求同，然后两个人的只有一半的犹疑之心合二为一，变成了一个完全坚定的决心了，不去。

是嘛，我们为什么就不可以不去呢？谁又下了命令说过不准我们不去呢？有一种力量在无形地带动我们，那就是“大家都去”，我们若是“不去”，就有点扫大伙的兴；而若是勉强去了，就要扫自己内心深处的兴。我们两个毅然决然地选择了当逃兵，这是因为我们两个同样都具备这几种素质：明澈的自我爱护精神，日渐增长的某种厌世态度，整体的悲观主义情绪和心态的失落感。当我们从不足二里地的地点开始往回退却的时候，听到从树木遮掩的半山崖壁上传来了集体呼唤我们名字的悲壮声音。那声音使树叶飒飒，空谷有回声。这是一种渗透着强烈的阶级友爱和集体荣誉感的呼声，也是很容易给落伍者以力量、给叛逃者以良知的声音，它很能使人幡然悔悟、奋然前行。

但是我们俩却是不可救药的逃兵、铁了心的叛徒。我们叼着烟卷、甩着外衣，以幸灾乐祸的心情听他们在山腰呼喊，一步比一步懒洋洋地下着石阶，朝那幢幽静阴凉有红漆地板的美丽住所走去。

不去，说明我们抵住了西海风光的诱惑和同伴们的呼喊。我们千里迢迢来到索溪峪而未登西海，行百里而废九十，不遗憾么？他们登山归来必会加倍鼓吹风光如何奇绝，我们呢，只需傍晚时分到门外迎候，一杯酽酽的凉茶在手，足够。

他们是我们的悬念，同样，我们也是他们的悬念。他们越累越使我们品味安逸，他们越渴越使我们感触荫凉。好吧，懒惰和勤奋较量。入世与超脱、奋争与放弃、“巡天遥看一千河”和“坐地日行八万里”，两种态度各有滋味。

归途行未及半，迎面遇数批登山者，皆爱问：“山上究竟如何？”答曰：“极美，值得一去。”又问，“怎么这么快就下来了？”笑而答：“夜半便去，故晨归。”众皆惊叹。

两“逃兵”哈哈大笑，得意而前仰后合，相互重新打量，深感彼此都像登山英雄了。至住所，乌龙茶泡之，“红塔山”吸之，跌跌撞撞懒懒散散沙发床仰之，足尖犹挂一拖鞋。真真美极！遥想诸兄正大汗淋漓于骄阳之下，刻苦登攀于累石之中，不胜同情。至午，饱餐一顿蛋饼，洗得一番温水澡，便以逸待劳痛睡起来。

两小时之后，不唤自醒。

各端酽酽的浓茶一杯，相互登门探望。两人一见，难免掩口而笑。

夕阳在山而余热散，秧鸡在田而鸣声起。树林已成乌翠色，山径犹不见归人。遮眉而望，暝色茫茫，久候不归，只好先去吃晚餐。餐毕出来散步，见几位狼狈者蹒跚走来，及近，竟是同伙中之一部分。一个个饥渴不堪，面呈酱红色，衣冠十分凌乱。上前慰问之，均已无答话之力，只说是“多走了三十余里山路”。

其余诸位呢？

摆摆头答道：“躺到床上了。”

后来才知道，大黄和玲等七八条男女好汉早在半山呼喊时就对我们两位“逃兵”义愤填膺，为了证明他们这一天累得不冤枉，也为了气气我们和显示一下他们的精神力量，曾商量好了，在归至住所时齐声高唱“打靶归来红霞飞”。因为他们料定我俩必在门前以幸灾乐祸的态度等候，那样，势必使我俩在雄壮的歌声中自惭形秽。

结果，唱是唱了，而我俩却恰好在那时去了餐厅，没听见。

最后鼓起来的气一泄，是很使人颓丧的。

大雪飘，饺子包

——幸福瞬间之一

今天雪下得很大，雨转雪，空气中弥漫着湿气，没有一丝风，雪便在空中一路吸收了湿润，粘成了大朵儿的片、团、絮，降落下来，覆盖住这个被雨下湿的世界。

凄清的宁静外加了温馨的悠扬。

似有音乐，雨滴和雪落；又似无声，夏日和冬季在深秋时的会晤、交接，仿佛两个换岗哨兵的注目敬礼，却没有一句话。

我读着一本使我愉悦的书，我沉浸在雨雪般的思绪里面，没有人来惊扰我。在我读书的时辰，厨房里隐约传来剁肉馅儿的声响，传进我的耳朵时，变成了有节奏的、使人舒适的遥远处伐木的斧斤声。

等我读得感到有些累的时候，一盆剁好的馅放在饭桌上，等我包。馅是鲜嫩的羊肉、黄萝卜、洋葱剁成的，肥瘦相宜、红白相间，搅拌在盆里，丰厚而诱人食欲。油黄鲜亮的一盆，已经把原来毫不相干的动物和植物浑然凝为一盆，散发着与窗外的弥天飞雪相和谐的香味。

我宁静、专注地包起来，并沉浸其中。

擀好的皮儿一叠一叠的，像面粉的耳朵，全都等着包纳一部分内容。好似被子在床上等着睡觉的人，衣服等待肉体，不然一切就不圆满，就没有生命。

我是非常认真的，而且熟练。对每一个饺子，都认真到类似创造。是我赋予它们适量的内容，也是我让那些馅儿躺在各自合适的外壳里，还是我把它们像蚌一样合拢，然后放在两只手当中一捏，它们成形了。

在撒了薄粉的方形秫秸板上，它们站立起来，一排排挺立如小锡兵，陈列整齐。它们每一个都有公鸡似的冠子，每一个都有我的指纹和手印，挺胸凸肚，士气高昂，等待着为我慷慨献身，“赴汤蹈火”。

我觉得我有点像创世者。

我给了内容以形式，给了形式以内容，并且我赋予了它们形体。它们的皮肤是光洁的，不粘手的，它们的形态是富足的和吉祥的，它们有内脏，有五脏六腑，假如谁再能吹一口仙气，它们就活了。

我在创造它们的时候全神贯注，每一个都是我亲手造成，如同上帝当初造人一样，虽然都是“捏造”。

我甚至觉得上帝造人也没有我这么认真。我沉浸在大自然雨雪纷飞的伟大旋律中，我的心情也暗合着这旋律，一切浑然和谐，天衣无缝。我迷醉在这简单的手工劳作中，手眼并用，心游万仞。

谁也不知道我想到了些什么，我内心的天空和窗外的世界一样湿润，一样雨雪纷飞。一些人，一些事物，一些片断，一些有趣的际遇，一些耐人寻味的话语，一些表情，一些笑容和眼神……都来到我心里，让我猜测、回味、解释，这些全都和我的生命发生了关系，全都深深地进入了我，然而它们不知道。

思绪的雨和雪纷扬飘飞，包容了难以想象的时间和空间，然而手和眼只盯着饺子。专注之下，暗藏着一个何等天马行空的心灵！

每一个饺子里都包进了一小段时间。

同时时间在窗外谁也包不住地纷扬……

这时，我感受到了幸福。

独享的，幸福。

我说："幸福不是躲在远方的一座城堡，而是撒在你生命周围的一些肉眼不易看到的碎金。它一开始就被上帝弄碎了，随手撒向人间，却诱骗一代代的人去寻找那份完整。灾难正好相反，它从来都是完整的。"

1992年11月14日深夜

出新书

——幸福瞬间之三

我这样一个人，究竟是为什么、从什么时候起对出书这种事发生了兴趣的呢？祖辈的宅子里没有书香气而只有牛粪味，而我也是从小生在兵营里，长大些也是好动不读书的一类。记得小时候大人问我长大干什么，那回答是响亮而早就等好的：“当骑兵！”

及长，知道了兵是不好久当的，那么当将军。我们那时幼稚的一群中，没有人怀疑自己会当到上将以下的，有一个才小学三年级，已经把全国上将以上的人物从军衔到职务倒背如流了。我们那时候是多么天真啊，都认定自己是天生的将帅之才。

没有想到过作“书生”，我们受的是兵文化的熏陶，军衣和长剑、哥萨克骑兵和顿河马是我崇拜的偶像，我没有想过一生将与诗书为伴。

不知从什么时候起，我轻而率之地丢弃了少年不知愁滋味的将军梦，仿佛丢弃一件不合身的过时衣服。我以一个补考生的身份对文学发生了兴趣，我发现，这是一个可以长久为之奋斗的、极其深奥有趣并能使人迷醉的事物。

大约十五岁时，我梦见自己出了一本诗集。那本诗集，是很薄的，封面上有几根大烟囱，烟雾均匀地弥散在封面上，像银灰色的粉末和砂粒。

我记得那本在梦里出版过的诗集题名为《烟》。我在梦中翻开它的时候，看到的诗全是陌生的，情调低沉、诗句飘忽，是我从来没有想到过的东西，但我记住了这个梦。

这个古怪的梦恐怕是弗洛伊德也无法阐释的，但是它却应了桑德堡的一句名言："一切事情开始时都是梦。"

二十多年的岁月过去了。当年"季子正年少，匹马黑貂裘"，现在只能是"老夫聊发少年狂"了。我写了诗，写了散文，我用一支笔贯穿了时间，我觉得这种生活是有趣的。我甚至有时会莫名其妙地对世界产生感恩的心理，我多么感动于这个世界容纳了我这样的人，它创造出了"作家"这样一种职业，使我不耕而食，不劳而获。那么多人都在为衣食而奔忙，为劳作而辛苦，唯有我，拥有大块自由的时间，任我飘浮思索，由着我的性子去干我感兴趣的事！

有多少人用他们的工作在为我服务啊！他们当中有些人并不读书，而且更不读我的书，但是他们所干的工作是时时为我需要的，由他们所组成的现实社会是我生存的温床。这怎么能不让我感恩呢？

有时候人们告诉我说：你在写书，你在做更艰辛的劳动。我听了以后，就在心里笑了。我干的这件事也能算作是“工作”或“劳动”吗？我其实不过是在玩，就像小孩子垒积木，大孩子打篮球一样的，完全是兴趣的驱使、天性的陶醉，没有谁要求我必须这样做，做的当儿也完全不考虑有多少价值，能换多少钱。我凭一己的兴趣而玩的结果，却被人们认可为庄严的劳动，我为此而感恩。

当我的书出版的时候，人家给我寄来了稿费。也许多一点，也许少一点，我都有点不好意思，仿佛拿了什么不劳而获的东西。人家因为我玩而给我钱，我觉得暗自好笑而沾沾自喜。

就这样，一本书又一本书从岁月中诞生出来，像一只又一只鸭子浮出水面。它们是好玩的，同时又是亲切陌生的；它们的产生和我有直接关系，但是它们长得不像我。

这些小鸭子！

它们仿佛排着队，摇摇晃晃、鹅行鸭步、嘎嘎直叫，几分怪相、几分庄严，这就显得更滑稽可笑。它们有的像唐老鸭，有的像丑小鸭，在陆地上蹒跚而行，非常笨拙，但是遇到一个池塘、一条小河、一汪水或一个大海，嗬！全变得灵活自如、从容不迫了！

我的这些鸭子也一样，它需要遇到那些藏在人心里的池塘水域，否则它将是笨拙的。它无法在陆地上和鸡们比美。

当我的第十四本“鸭子”孵出来的时候，我给它的命名是《周涛自选集》，它是精美的，厚重的，我觉得它长得比我英俊多了。它的精装有“马列”感，环套有“童话”感；那样一种晴朗夜空般的宝蓝为封面的底色，上面落定了一个四岁儿童画的灿烂小女孩的精灵！还有，扉页上的我的那张照片是印得挺好的，那是一张具有中国特色的阿兰德隆式的头像，他公然在那里向读者证明：认为作家都是丑的这种看法显然是错误的，这位划时代的美男子正是一位作家，他显然在才华和容貌上都超过了那位风流倜傥的前辈诗人徐志摩！

我久久地凝视着照片上的自己，我被我所征服。我打开自己写的书，一篇一篇地翻过去，以一个陌生读者的角度重新审视、品味着它们，我设法挑剔而又无从挑剔，我承认，它们是散发出光辉的。在这样一个边远黯淡的环境里，我竟然生长得如此光芒万丈而又不为人知……我被我所感动。

我久久地抚摸着它。从十五岁的梦境到今天的现实，我用了三十年的时间。三十年，我磨出了一柄真正的长剑，那可是用我的生命蘸着心血磨出来的。它虽然只印了三千册，但那是我的三千虎贲！这时候，我承认我所迷醉并沉浮其中的这件事，不仅配得上是工作，而且称得起是劳动和战斗。不管市场上充斥的书有多少，我的都不是伪劣品，而是真正意义的书！

我的绒毛小鸭子正在变成天鹅，鸣叫着，盘旋着，寻找属于它的精神湖泊。

瞧！人们需要它——

“你是一个自然与历史及人类心灵史、思想史的卓越游牧者，一个豪迈而意志坚定、头脑清醒睿智的孤独旅行家。在世纪末世纪初交会的地平线上，你正苦苦地找寻更多更丰富属于你最辉煌的思想和情感，馈赠给饥饿的人们。

“未曾谋面的朋友啊，我愿长久地读你，伫望你。”

还有，人们告诉我——

“它现在就放在我的包里，任何一个环境，任何一种心境下翻开任何一页都能深深地往下读。我惊叹这本书中那种神秘的力量。如今我只想告诉你，也许你不会像有些作者那样拥有无数盲目无聊的追随者，但是你，你拥有最好的一切。”

瞧，这就是我的小鸭子变的天鹅找到的水域，古典时期把这种地方叫作“天鹅湖”。我是为他们写作的，我愿意在即将属于他们的那些书上题写这样一些话语：

秋风铁马大散关，
冰河入梦小文坛。

——这是写给一位老兵的

谁的明天都是不可预料的。

——这是写给一位青年作者的

我甚至还给一位熟悉我的醉态的朋友题写了一首不合平仄的即兴打油诗，当然是按七律仿制的：

千金买醉口哨吹，
平生不把谁当谁。
武松斗酒快活林，
太白吸虹黄河水；
三巡已经壮武胆，
一壶方可开诗扉；
酒在瓶中为静物，
倒进腹内变魔鬼！

我意识到，我在利用这样一些机会——题赠啦，签名啦，盖章啦，延长着我对一部新书出版乐趣的享受，这是中国文人诗书画艺术的一种传统，是一种创造者和欣赏者之间的平等交流，是一种巧妙的方式，是一种费时不长而历久弥香的留念，是一种玩的境界。这就叫“把玩不已”。

我体味着幸福。

这是只有作家才能拥有的独特的幸福。

一个指挥战役的将军，当他以惊人的才略赢得胜利的时候，他或许不是幸福的，因为随着胜利呈现出来的是遍布战场的尸体，他马上由原来焦灼忧虑的心情迅速转化为痛苦伤心，中间没有给幸福留下空隙。

我很早就放弃了当将军的梦想而紧紧地抓住了书，说明我是明智的。我没有那样的勇气和胆量面对现实，我过于珍惜幸福。

不仅珍惜，而且品味。

我就是这么一个人，不是英雄但并不反对真正的英雄，生活平凡却决不躲避伟大的崇高；我是坚强的，同时也很脆弱；我非常灵活，但难免在我认为最重要的事情上固执；我就是这么一个人。

“咬紧牙关，我就是我。”

我赞成冯玉祥将军的这句话。

1993年2月17日写于乌鲁木齐